SANDRA BIANCONI

La ragazza che sognava i libri

Traduzione di Sandra Bianconi

La ragazza che sognava i libri
Traduzione:
© Sandra Bianconi, 2021
Lettura per controllo grammaticale: Antonella Manni
Prima edizione: novembre del 2021

Titolo originale:
A menina que sonhava com livros
Copyright del testo originale e traduzione
© Sandra Bianconi

Dados Internacionais de Catalogação na Publicação (CIP)
(Câmara Brasileira do Livro, SP, Brasil)

Bianconi, Sandra
La ragazza che sognava i libri / [traduzione di] Sandra Bianconi. -- 1. ed. -- São Paulo, SP : Ed. da Autora, 2021.

Título original: A menina que sonhava com livros.
ISBN 978-65-00-32354-2

1. Ficção brasileira I. Título.

21-90775 CDD-B869.3

Rimanga in contatto!
Per conoscere le novità, visita:
www.sandrabianconi.com

La ragazza che sognava i libri

Ai miei genitori,

Maria e Vincenzo.

Sempre.

Presentazione

In questo periodo storico dell'umanità, dove la più grande democrazia del pianeta è stata per qualche tempo ostacolata; in un mondo in cui i manipolatori concretizzano i loro insaziabili piani di potere con totale approvazione delle masse più che mai, facendole credere che il meglio per loro sia essenziale per tutti; in cui alla razza nera viene impedito di respirare per il razzismo e quando non tutti si sono resi conto della gravità del momento delicato in cui viviamo, è nata Jacqueline.

Amo pensare che questo libro sia una favola moderna. Perché lo è!

È una favola moderna, con tutti gli intrighi, dilemmi e impasse della vita, vera, e senza pretese, se non quella di carezzare e lenire le anime con la sua storia leggera e autentica, molto simile alla nostra vita. Anche Maria Jacqueline porta intrinsecamente con sé queste caratteristiche, poiché è una ragazza romantica, sognatrice, intelligente e determinata, che vuole vivere a modo suo - senza mai togliere i piedi dalla realtà.

Durante i mesi di lockdown ho convissuto con i suoi sogni, amori, tristezze e trionfi e l'ho vista crescere molto, prendendo una svolta diversa nella sua vita, alla quale nemmeno io stessa avrei immaginato quando a lei ho pensato per la prima volta, nel capitolo iniziale di questo libro. C'è stato un momento in cui mi è sembrato che lei volesse uscire dalla carta per prendere vita - era come se avesse preso la mia mano per farmi scrivere ciò che lei voleva essere e diventare. A pensarci bene, fu ingenua nel pensare che avrei potuto darle la sorte che ben intendevo; non mi avrebbe permesso.

Così, Jacqueline è cresciuta tanto, inaspettatamente. Ed io, oggi, sono molto fiera di lei!

Caro Lettore/Cara Lettrice... ti presento Maria Jacqueline Pellegrini, la mia ragazza, che sta per aprirti le porte del suo mondo e dei suoi sogni affinché anche tu possa farne parte.

Buona lettura!

Sandra

Tutta la nostra vita
è riassunta nei nostri pensieri
e nel modo in cui crediamo
di essere capaci di affrontare la vita.

“Loro verranno a offrirti l’oro della Terra.
E tu dirai di no.
La bellezza.
E tu dirai di no.
L’amore.
E dirai di no, per sempre.
Ti offriranno l’oro oltre la Terra.
E dirai sempre lo stesso.
Perché hai il segreto di tutto.
E sai che l’unico bene è il tuo”. *

Cecília Meireles
— Cânticos —
Poesias Inéditas

*Traduzione dell’autrice

Prologo

Una piccola introduzione...

Maria Jacqueline, o semplicemente Jacqueline, è l'inguaribile romantica sognatrice che vive con la testa tra le nuvole. Anche perché sta sempre dentro un aereo.

A diciotto anni raccolse in una valigia quello che conservava nell'armadio con più affetto, oltre ai libri che amava di più e di cui non poteva fare a meno, e comunicò ai suoi genitori che sarebbe andata a vivere da sola la settimana successiva.

La notizia fu accolta da entrambi come un fulmine a ciel sereno, e il trasferimento al nuovo appartamento avvenne tra l'incredulità iniziale di sua madre e la totale indifferenza di suo padre.

Lei, dal canto suo, aveva bisogno di spazio - fisico e mentale - per vivere il caos ordinato che regnava dentro di sé, nonostante credesse e dichiarasse che voleva andarsene solo per vivere la vita a modo suo. Le mancavano alcuni discernimenti e la coscienza delle caratteristiche del proprio carattere, giacché ancora non aveva avuto modo di testarli, sperimentarli o superarli. Perdonata, data la sua giovane età.

Aveva, cercava e trovava sempre un pretesto per fare un viaggio. A dire il vero, nei suoi piani c'era sempre un viaggio, contato in ore, giorni, settimane o continenti. Proprio come successe quando decise di andare a Londra, per esempio, non appena si laureò in Giornalismo, adducendo che doveva mettere in pratica quello che aveva imparato nel corso di Inglese frequentato da molti anni.

Verità; appena in parte.

Perché amare viaggiare, conoscere popoli e culture diverse è un ottimo motivo per mettere giusto l'indispensabile in uno zaino (lo preferisce alle valigie) e partire per arricchire le proprie esperienze, "il suo bagaglio personale" - come lei stessa dice - con l'obiettivo di tornare con un'ottica diversa. In realtà, sente la necessità di nutrire l'innata curiosità, presente nelle sue viscere e nel suo stesso DNA.

Come si può ben capire, Jacqueline ha il suo proprio modo di vivere la vita, parte degli obiettivi di ogni sua decisione.

Quel viaggio nel Regno Unito fu programmato dalla sua mente creativa molto prima della fine del corso, e lei sarebbe partita non appena finite le lezioni. I suoi genitori l'avrebbero aiutata soltanto con il costo del biglietto; alla sua sopravvivenza, in sterline, avrebbe dovuto pensarci per conto suo - questo era l'accordo, e per lei non era un problema. Era soltanto una questione di "dettagli".

All'inizio pensò di fare quello che ogni turista avrebbe fatto quando decide di lavorare all'estero: trovarsi un posto in un McDonald's. In questo modo lei sarebbe riuscita a pagare le proprie spese e anche a risparmiare qualche spicciolo per visitare qualche posto; vicino o lontano sarebbe dipeso soltanto da quanto sarebbe riuscita a raccattare. Quindi, meglio pensare a qualcosa con cui guadagnarsi una sopravvivenza degna e decente - e per "degna e decente" si intende trovare il modo di poter viaggiare di più anche lì.

Un piano nel piano, più viaggi nel viaggio.

Con quest'obiettivo in mente, creò una lunga lista di cose di cui occuparsi, tutte naturalmente escluse, per una ragione o per l'altra. In effetti, quello che avrebbe voluto fare veramente era lavorare come baby-sitter o pet-sitter, accudendo un bambino, un cane o un gatto. Un essere vivo, per farla breve. Purchè cucciolo.

Si divertiva solo nel pensare che avrebbe dovuto camminare per strada, alquanto imbranata e in modo goffo, per il fatto di essere trascinata dai collari di, come minimo, dieci cani che cercavano, abbaiando nervosamente, direzioni diverse o, peggio ancora, il proprio palo della luce. Tale e quale alle scene viste nei film che la facevano sempre sorridere. Non ha mai capito perché s'immedesimava sempre con la protagonista (in situazioni di questo tipo lei normalmente vedeva solo ragazze).

Sorrideva anche di questa sua idea, sebbene ammettesse che sarebbe stato, senza dubbio, molto divertente, ma altrettanto improponibile per un solo motivo: Jacqueline ha sempre avuto paura dei cani. Se avesse dovuto farlo veramente, restava solo di augurarsi che il branco le avesse obbedito e, principalmente, avesse deciso di non morderla; si sa che i cani hanno un comportamento reattivo. Perciò, ragionandoci su, era più prudente pensare a un'altra alternativa.

Non ha mai affrontato un problema come tale, ma come una sfida da vincere o risolvere, poiché crede che tutti i problemi già portino intrinsecamente con sé la loro stessa soluzione. A suo avviso, basta soltanto guardare la circostanza con occhi diversi per trovare nuovi modi di affrontarla, senza focalizzare solo il problema o, peggio ancora, fossilizzarsi su di esso come in generale facciamo, d'altronde.

"Pura perdita di energia... non porta da nessuna parte. Solo a ingigantire ancora di più il problema, che darebbe solo più maldi stomaco", secondo lei; espressione quest'ultima, che, in questo caso, non è solo un suo semplice modo di dire. Lei soffre sul serio di gastrite cronica.

Ecco perché Jacqueline si districava molto bene in tutti i nuovi contesti - "questa è la vera sfida di ogni problema, mio caro Watson: trovare la sua soluzione, esistente, presente e nascosta da qualche parte nel problema stesso". Sotto quest'ottica, una situazione problematica o ingarbugliata, per lei, è solo una situazione piena di nuovi dettagli che devono essere districati, né più né meno. Un'idea, un modo di ragionare, che cambia tutto un concetto.

Aveva promesso a se stessa che non avrebbe chiesto aiuto finanziario ai suoi genitori durante la sua permanenza nella capitale londinese, nel modo più assoluto, come un vero e proprio punto d'onore. E così fece. Non soltanto per dignità, nonostante ne abbia tanta, ma perché subito trovò un modo di guadagnare libbre sterline senza doversi sgrovigliare fra i lunghi collari e le corte zampine dei cani, oppure trascinando carrozzine nel caotico e pericoloso traffico di Londra - "Badare ai bambini altrui è già una grossa responsabilità in una città *normale*, figuriamoci dove tutto è all'incontrario", argomentava tra se e se. "Non avrebbe funzionato"; ne era convinta. Per cui, meglio pensare a qualcos'altro usando il suo metodo sicuro - la differenziazione.

Pensò che, da brasiliana qual è, avrebbe potuto vendere il "brigadeiro", un tipico e molto apprezzato dolce brasiliano, rotondo e piccolo come un bignè. Non esiste festa di compleanno per grandi o piccini senza questa delizia. È talmente tipico che potrebbe essere paragonato al tiramisù, se si potesse arrotolare questa squisitezza italiana, talmente popolare è in Brasile, per intenderci. Così Jacqueline decise di vendere i *brigadeiro* nelle file dei pullman, dei cinema e ovunque vedesse una persona, sola, in compagnia o in gruppi.

Ancora nel computer nel suo nuovo appartamento a San Paolo, dove aveva iniziato a vivere sola, lesse un articolo su un ragazzo, brasiliano come lei, che visitò ventinove paesi con la sua consorte vendendo *brigadeiro* soltanto tre ore al giorno. Lo scatto di creatività di questo nomade imprenditore - vendere un dolce fatto a casa, in una cassetta degli attrezzi - avrebbe potuto essere veramente interessante e anche copiato in modo facile e senza restrizioni.

Il basso costo dell'investimento iniziale, senza parlare della facilità con la quale poter dare continuità alle vendite, certamente non le avrebbe impedito *almeno* di provare per questioni molto semplici: per primo, il latte condensato, ingrediente base di questo dolce, oramai è conosciuto dappertutto e lei lo avrebbe trovato facilmente in qualsiasi supermercato, così come il cioccolato e il burro (è molto precisa quando è determinata a fare le cose); secondo, ma non meno importante, il tempo necessario per la preparazione è minimo.

I vantaggi superavano ampiamente le aspettative, senz'altro, soprattutto perché la sopravvivenza sarebbe stata garantita. Jacqueline si tranquillizzò; in questo modo sarebbe riuscita ad assistere beatamente a tutte le sue lezioni lavorando soltanto alcune ore al giorno, oltre che disporre dei soldi extra che le avrebbero permesso di far più viaggi, giacché era andata a vivere nella città bagnata dal Tamigi anche per questo.

Studiare e viaggiare - unire l'utile al dilettevole -, senza la chiara distinzione di quale esattamente sarebbe stato l'uno o l'altro. Entrambi utili, entrambi dilettevoli.

Con così tanti punti a favore, passò a interessarsi sempre di più a questo modo di guadagno, che lei già considerava il suo nuovo progetto.

Altro punto a favore di questa idea era che non ci sarebbe stato alcun bisogno di pregare qualcuno per acquistare la sua "merce", che sarebbe risultato non solo noioso per Jacqueline, oltre che estenuante, per non parlare del lucro scarso per ovvie ragioni. L'idea, che a questo punto sembrava interessante anche per lei, si prefigurò ancora più attrattiva quando ipotizzò che, con molta probabilità, l'inglese medio ancora non conoscesse questo tipico dolce brasiliano che *lei* avrebbe potuto proporre. E vendere, evidentemente.

La lista di quell'atipico ragazzo imprenditore non elencava i paesi nei quali aveva attuato questo grande piano. L'articolo commentava soltanto che la vendita fu realizzata con successo in Portogallo e Jacqueline passò a sperare che lui non avesse iniziato proprio a Londra. Comunque, in pochi giorni il risultato delle sue vendite le avrebbe fatto capire se il suo predecessore avesse intrapreso l'attività proprio in quella città.

In quel caso, non ci sarebbero stati problemi: implementando un piccolo cambio d'ingredienti (doveva trovarsi la farina di cocco, anche questa facilmente reperibile), avrebbe potuto offrire un altro tipico dolce delle feste dei bambini brasiliani, il ***beijinho de coco*** (bacetto di cocco), con la stessa regola di base, "e questo sicuramente l'inglese ancora non lo conosce". Con questi piccoli aggiustamenti, l'attività imprenditoriale sarebbe stata confermata dalla sua formula sicura anche in questo caso.

Jacqueline credeva che l'idea fosse promettente giacché non riusciva a trovare "dettagli" complicati. Quindi, il piano le sembrava il migliore di tutti fino a quel momento e non solo perché, ai suoi occhi, era l'unico. Aveva in mano un progetto allettante e plausibile, persino divertente, attuabile non soltanto nella sua immaginazione.

Ora doveva organizzare i mezzi per attuarlo, come passo successivo - doveva trovare una scatola degli attrezzi dove accomodare i dolcetti. Anche quell'idea del ragazzo creativo sarebbe stata copiata; non era né particolarmente costosa né difficilmente realizzabile. A lei mancava solo l'abbigliamento adatto per richiamare l'attenzione della gente, per primo, e per facilitare e contribuire alle vendite, di seguito.

Si sforzava nel pianificare accuratamente ogni dettaglio perché la quantità di viaggi da fare sarebbe dipesa esclusivamente dall'esito di questa sua impresa; trattandosi di un argomento di tale importanza, doveva impegnarsi. E molto.

Quando arrivò a Londra con il suo spirito imprenditoriale altamente motivato, ogni giorno vestiva la tuta (simile a quella usata dagli operatori di manutenzione) e il cappellino azzurro nell'intento di vendere tutti i dolcetti che diligentemente riusciva ad inserire nella scatola degli attrezzi (che dipinse con lo stesso tono di azzurro vivace e quasi luminoso della sua tuta).

Si avvicinava alle persone nelle file dei bus, sedute sulle panchine dei parchi o ferme in ogni dove, trasformandole in potenziali clienti, ripetendo la frase che sembrava funzionare:

«Hi! My name is Jackie!» (scelta strategica: aveva più familiarità nel diminutivo per l'inglese che nel formale Jacqueline). «Sono qua per riparare la sua giornata. Le piacerebbe iniziare il giorno (o finire, in base all'orario della vendita) con gioia? Questa pallina di cioccolato ha un potere speciale: il suo vero nome è "brigadeiro" e contiene venti grammi di pura allegria, la quantità necessaria per rimettere a posto e addolcire la sua intera giornata. Lei, quanta gioia vuole oggi?»

L'inusuale domanda, perfettamente alleata all'effetto stranezza di trovarsi davanti a una ragazza con delle belle linee simmetriche, che indossava un abbigliamento tipicamente maschile, ben truccata, con un rossetto rosso vivo, sotto un cappellino blu reale acceso, iniziò a portare buoni risultati anche per lei.

Un'offerta attrattiva per il palato generale e attraente per gli uomini, irrecusabile per entrambi anche a causa dell'innata simpatia di Jacqueline. Differenziazione - l'eterna parola chiave che ha sempre guidato i suoi pensieri, ragionamenti e attitudini. Mera questione di "dettagli".

Fu così che la *ragazza-brigadeiro* riuscì non solo a studiare, pagandosi tutte le spese, ma anche a disporre di molte sterline in più di quello che avrebbe immaginato per i viaggi che voleva fare già nella prima settimana del suo mese di "studi".

L'audacia ha sempre avuto il potere di cambiare una situazione.

Fu facile lasciare l'appartamento dove abitava a San Paolo per convivere con la coppia inglese ancora giovane, nonostante i quattro figli piccoli. Fin qui nessun problema. Quello che Jacqueline non avrebbe mai potuto immaginare era che il problema principale del suo periodo di studi a Londra sarebbe stato *dentro* quella casa londinese, costruita con mattoncini color terra, che orgogliosamente esibiva la sua bellissima terrazza bianca con finestre a bovindo nel più tipico stile vittoriano.

Il problema - non un dettaglio - risiedeva nella sua nuova camera. E non si trattava dell'ambiente, estremamente piccolo, che a malapena accomodava i due letti, le due sedie e le due scatole di legno della frutta impilate (proprio quelle del supermercato, quattro, in totale, due affianco ad ogni letto) per uso comodino e armadio. La questione spinosa era pienotta, bionda, con sguardo glaciale e statura media. Il suo nome è Heidi e lei era la sua prepotente compagna di camera nel suo anno sabbatico.

La pazienza di Jacqueline, di vivere sotto lo stesso tetto con una persona che si sentiva superiore a tutto e a tutti, in uno spazio fisicamente ridimenzionato, fu duramente testata in quel periodo. Forse per colpa di quel contratto annuale che rendeva il comportamento della collega così irritante.

Essendo il metraggio della camera tanto scarso quanto disputato, quella che avrebbe dovuto essere la sua amica, o perlomeno compagna di avventura, fece di tutto per dimostrarle nelle mani di chi stava il controllo totale di quel minuscolo regno già a partire dai primi momenti di convivenza.

Tuttavia, la mancanza di spazio in quell'ambiente e la problematica inquilina non erano le uniche avversità di quella residenza. Era necessario convivere anche con la disgustosa moquette color rosso *bordeaux* abbastanza sbiadito che foderava il pavimento di tutta la residenza, la cui istallazione sembrava dover risalire ai primordi del Regno Unito, senza ombra di dubbio. Per altro, questa fu la prima impressione di Jacqueline appena mise piede dentro la casa. L'odore di muffa, gelosamente impregnato e conservato tra la sporcizia della trama dei fili pestati dalle varie impronte di tante vite, nelle più svariate generazioni lì vissute, è ancora chiaro nei suoi ricordi come una Madeleine de Proust.

Per tutte queste "sorprese" inaspettate, la gioia del suo arrivo in quella casa durò poco. Appena posò le valigie, precisamente. Jacqueline comprese che ogni centimetro cubico di quello che lei avrebbe chiamato "camera mia" nei successivi trenta giorni avrebbe potuto essere vuoto solo se fosse arrivata *prima* della sua compagna arrogante.

Giusto per rafforzare chi fosse la *first lady*, la "sodale" lasciava tutte le sue cose perennemente sparse per terra. Per questo motivo, entrambe le ragazze iniziarono a prendere molto seriamente il semplice posare qualcosa per terra, o ovunque volessero, che, più che una scelta qualsiasi diventò una vera e propria disputa territoriale. Senza avere dove appoggiare le sue cose, a meno che non avesse voluto camminare come un soldato in un campo minato, Jacqueline dovette inventare trucchi e trucchetti per recuperare lo spazio (in)esistente.

Le normali comodità con le quali qualsiasi essere umano convive, o almeno dovrebbe, in quella camera erano soltanto una chimera. In più, Jacqueline dovette abituarsi anche al fatto di dover mettere tutto quel che lasciava sopra il letto (divenuto il suo armadio di giorno), sotto, di notte. E, perché non si pensi che sia stato solo questo il suo sacrificio, non furono poche le notti in cui dormì con una scatola, borsa, o entrambi, ai piedi del suo letto per pura mancanza di spazio, svegliandosi con un "affare" davanti senza capire cosa fosse.

Spaventata, nelle mattine in cui non riusciva a muoversi da appena sveglia, spesso gemeva, aggrottando tutto il viso dal dolore. Il morso che le tirava il collo e la testa era terribile.

Con la lucidità che le arrivava sempre di più ad ogni instante, finalmente capiva il motivo quando, sotto le coperte, sbatteva le gambe o la testa in quello che aveva lasciato altrove, prima di coricarsi, trovato in quel momento sul suo cuscino o all'angolo del suo letto, appoggiato al muro: molto probabilmente aveva dormito tutta la notte in una sola posizione perché "quel coso", ***gentilmente*** messo dalla finlandese, le impediva qualsiasi possibilità di movimento.

Forse l'intento della collega era quello di offrirle conforto spirituale mentre dormiva, perché conforto fisico non era, di sicuro.

Però, la naturale abilità di Jacqueline nel trattare con le persone - in qualsiasi tipo di rapporto, perché parla apertamente con tutti, - finì per conquistare anche la tracotante compagna di camera, che passò persino ad essere più organizzata nell'occupare gli stessi spazi comuni disponibili e più generosa nelle sue intenzioni di concederli.

Non diventarono mai amiche.

Nonostante ciò, la vittoria per Jackie fu quasi totale con il passare del tempo e, nel momento in cui vide Heidi appoggiare una valigia sopra l'altra solo per liberare un po' di spazio in più all'allora quasi amica brasiliana - qualcosa d'impensabile, prima, come ben si può immaginare -, Jacqueline non si contenne: avvolse la finlandese in un abbraccio, apparentemente senza motivo, che rimase impietrita per alcuni instanti senza riuscire a nascondere la sua repulsione. Manifestazioni molto eloquenti per il suo carattere freddo e distaccato, che Jackie non sarebbe riuscita a cambiare neanche in tanti anni di amicizia.

Una alla quale piacciono tanto gli abbracci, probabilmente perché è brasiliana; l'altra, molto più discreta e riservata nell'esprimere i propri sentimenti, non esattamente perché è finlandese. Ad ogni modo, questa fu una delle tante incompatibilità alle quali entrambe si adattarono per convivere meglio. Tutte e due insegnarono e tutte e due impararono, come sempre accade nella vita.

Minuzie - ma non così trascurabili - di quel tempo, che erano sempre ricordate quando Jacqueline commentava le sue peripezie londinesi. Tante!

—ʃ—

La sua volontà radicata nell'anima di conquistare il mondo, costruendo passo dopo passo la carriera che ha sempre sognato e voluto intraprendere, la portò alla tappa successiva.

Con la data del biglietto fissata a solo due giorni dopo il suo arrivo da Londra a San Paolo, partì di nuovo per fare la tanto sognata specializzazione di tre mesi in una delle università più rinomate del settore a Toronto. Quella volta nel campo del Giornalismo, e anche in quella circostanza era vero. Stava veramente cercando un corso. Ma avrebbe lavorato anche lì; bisognava solo iniziare a pensare a cosa fare.

Seguendo la formula di sempre - la differenziazione che la contraddistingueva - si divertiva a pianificare la sua vita mentalmente, sognando e cercando i modi di realizzare i suoi obiettivi. In questa sequenza pianificata come una mossa su una scacchiera, i corsi a Londra e Toronto (sì, corsi, perché questo era il titolo del certificato o diploma che riceveva tra un viaggio e l'altro) li considerava soltanto il suo punto di partenza affinché il proprio curriculum avesse l'importanza che voleva apportare. Per Jacqueline, uscire dallo stesso gradino dove tutti partono e rimangono, per paura o accomodamento, è la sua filosofia di vita.

Corsi e viaggi a parte, il diploma della facoltà sarebbe stato solo il primo passo, che non le bastava, di certo, perché lei non voleva un pezzo di carta protetto da una cornice con vetro da appendere e ostentare in una parete qualsiasi e, per giunta, da dover spolverare ogni tanto. «Tutti possono averlo», commentava con un accenno d'indifferenza, almeno così avrebbe potuto pensare chi avesse visto il modo in cui si esprimeva. In realtà, non era affatto poco interesse; era mera banalità, per lei. A Jacqueline non sono mai piaciute le cose troppo semplici.

Oltretutto, avrebbe approfittato anche per stare un po' con la sorella più grande che abita a Toronto; qualche anno prima conobbe un canadese che le rubò il cuore e la cittadinanza.

Quando Maria Paula nacque, sua madre già desiderava la sua seconda figlia. Sognava di formare le "tre Marie" e c'è riuscita: Maria Isabel, che portò alla luce Maria Paula e Maria Jacqueline per brillare nella stessa famiglia.

Per il suo viaggio in Canada non ci sarebbe stato tempo per disfare completamente la valigia usata a Londra. Consapevole di ciò, Jackie pianificò tutto, eccetto il tempo per asciugare i capi usati nel viaggio precedente e che sarebbero stati usati anche nel successivo, due giorni dopo. Dal momento che erano quelli che le piacevano di più, finì per portare indumenti intrisi d'acqua nella valigia.

Pura ingenuità all'epoca, pagata a caro prezzo all'aeroporto per l'eccesso di peso. Ma fu soltanto davanti alle vetrine dei negozi di Toronto che Jacqueline si pentì amaramente di quel suo gesto insensato: si rese conto che avrebbe ovviamente speso molto meno, oltre che avrebbe potuto comprare capi molto più alla moda, se li avesse comprati in una stradina qualsiasi di quella famosa città canadese.

Quella dura costatazione, come tutte le esperienze negative, le diede un grande insegnamento: mai portare troppe cose quando si fa un viaggio, per primo, perché non sempre si ha il tempo o il modo di usare tutto. Secondo, e forse quello più importante, far shopping è divertente in qualsiasi posto del mondo, giacché nessuno viaggia per fare un corso per diventare eremita nelle foreste o nelle caverne, e tanto meno per praticare la solitudine nei deserti. Almeno lei non conosce nessuno che lo abbia fatto finora.

E, sinceramente, neanche io.

Siccome studiare non le è mai pesato, o ha rappresentato qualsiasi forma di ostacolo grazie alla sua buona memoria e anche perché legge molto, Jacqueline ha sempre approfittato di ogni occasione che le si presentava, o che lei stessa cercava, per vivere, studiando, le nuove esperienze che non si sarebbero concretizzate altrimenti. Per questa ragione, studiare è stato sempre il filo conduttore che la conduceva a nuovi apprendistati, avventure e divertimenti, lo stesso filo che la portava anche a raggiungere i suoi obiettivi, indipendentemente da un viaggio *per* o *con* corsi.

Sfruttava entrambi come occasioni anche perché voleva di più dalla vita. Era cosciente che poteva offrire di più, conseguentemente, esigeva di più, soprattutto da se stessa. Questa era, in sintesi, la linea che ha sempre guidato le sue mete e i suoi obiettivi, facendole compiere passi forse non ben pianificati, ma che la portavano sempre a concretizzare i suoi piani, in un modo o in un altro.

Ama leggere. Tanto, che è come se non fosse esistita un'epoca che ancora non sapesse farlo nella sua vita, perché per Jacqueline, leggere è come respirare: qualcosa d'innato, meccanico e involontario. Per questo motivo non riusciva nemmeno a immaginare un futuro costruito su basi di numeri o in un'occupazione qualsiasi che la mantenesse lontana dalla presenza di un agglomerato di fogli rilegati con molte lettere impresse. Libri, che per Jackie sono i suoi compagni, come gli amici veri. Un libro ha il suo proprio peso, odore, forma, aspetto e storia, così come le persone. Non potrebbe mai stare lontana dai libri che tanto ama.

Forse sapeva leggere da poco - era ancora molto piccola - ma ricorda vivamente le sensazioni che sperimentava quando, seduta sul sedile di dietro della macchina, rimaneva magnetizzata a osservare il piccolo simbolo verde di quell'immenso edificio di molti piani che vedeva passare dai vetri laterali della macchina quando andava a trovare i suoi nonni con i suoi genitori. Passava spesso lì e la stessa emozione si ripeteva ogni volta.

Non riusciva a togliere lo sguardo di quell'enorme fabbricato, sede di una delle più grandi e famose case editrici in Brasile, che annullava tutto ciò che il restante percorso le faceva vedere. Rimaneva immobile, ammirandola, non perché fosse grande o famosa, ma perché era una casa editrice – l'unica che conosceva all'epoca. Le piaceva la sensazione che il suo cuore le trasmetteva e lui le diceva che voleva lavorare lì dentro. Di tutti, quel tragitto era quello che le piaceva di più perché soltanto quel simbolo verde, fissato sul tetto perché la rappresentava, era già capace di portarle uno strano sentimento, come la gioia di un sogno che riempie tutto il nostro cuore.

Le piaceva anche il forno vicino alla casa dei suoi nonni che sfornava dolci strepitosi, nonostante percepisse entrambi gli stabilimenti in modo completamente diverso: in uno le piaceva entrare; nell'altro voleva rimanere.

Jacqueline non aveva la minima idea di come poteva essere una giornata di lavoro dentro una di quelle sale di quell'edificio beige, neppure sapeva cosa avrebbe dovuto fare se avesse lavorato in una casa editrice, ma sapeva che avrebbe dovuto essere molto interessante a prescindere, perché, lì dentro, c'erano molti libri. Sentiva realmente che era *lì* che voleva passare tutta la sua vita. Avvertiva solo questo. E era quello che le bastava per continuare ad ammirarlo, ogni volta.

Lavorare con i libri, scrivendoli o pubblicandoli, è sempre stato il suo sogno. Era una specie di certezza, anche se istintiva; il suo cuore le diceva che questa sarebbe stata la sua strada nella vita. Per questo motivo non trovava un piano B. Non esisteva un piano B. Stare in mezzo ai libri che, in un modo o nell'altro sarebbero stati anche i suoi, era quello che veramente voleva fare nella sua vita. Maria Jacqueline sempre sognò di lavorare in una casa editrice.

Svariate volte pensò che forse sarebbe stato interessante anche lavorare nella redazione di una grande testata come giornalista. Tuttavia, lei voleva stare in mezzo ai libri, non ai quotidiani. Pur tuttavia, il corso che probabilmente le avrebbe aperto più porte, dandole le opportunità per la carriera in una casa editrice, era proprio quello di Giornalismo. E vivendo già anticipatamente le gioie del futuro, iniziò questo corso universitario in una delle più rinomate università a San Paolo. Sapeva quel che voleva. La sua motivazione era incontenibile perché la vita pulsava nel ritmo che lei determinava.

Però, il suo secondo anno di studi minacciò questa allegria, facendo traballare la sua certezza, assoluta fino a quel momento. Non aveva mai creduto che un *college* potesse essere noioso, ma quello lo era; quel che le insegnavano in classe non le interessava. Pertanto, se il corso di Giornalismo le dava le stesse opportunità di stare tra pile e pile dei libri che tanto amava per leggere, studiare o ricercare, cosa c'era che non andava?

La teoria.

Jacqueline non ha mai amato la teoria. Alla teoria mancava sempre la pratica che, in realtà, era quello che le piaceva; forse perché la praticità non le mancava di sicuro nel carattere.

Lei voleva imparare, certamente, ma, amante del "lasciami vedere come si fa...", preferiva l'autodidattica, anche perché la pazienza non è mai stata il suo forte. Prendeva spesso in giro suo padre, dicendogli che lui, la parola "pazienza" l'aveva rimossa dal proprio vocabolario. È proprio vero quando dicono che vediamo negli altri i nostri propri difetti.

Così, quel corso universitario l'aveva delusa. Tanto che, alla fine del secondo anno, qualche giorno prima dell'iscrizione al terzo, per esattezza, la crisi arrivò con tutta la sua furia. Fu quando Jacqueline si sedette a tavola per parlare seriamente con sua madre, sempre pronta ad aiutarla in una qualsiasi delle sue necessità - finanziarie, reali o immaginarie.

«Voglio abbandonare l'università, Ma'. Questo corso è molto teorico e tu sai che non ho tanta pazienza per queste cose. Non sto imparando quello che volevo o speravo, quindi cambierò corso.»

«Ma Jackie, hai già superato la parte peggiore, per così dire. Hai fatto due anni - ora sei a metà. Non pensare che te ne mancano ancora altri due. Diciamo che quest'anno ormai non conta più - lo finirai molto prima di quel che pensi e allora ti mancherà solo il prossimo. Pensa che hai praticamente soltanto un anno per finire. Non te ne accorgerai, nemmeno, vedrai...»

Quel ragionamento, esposto in modo così semplice, ebbe effetto immediato su di lei.

Sua madre, molto aperta e comprensiva, riusciva sempre a trovare una soluzione, o pseudo tale, alla quale lei non aveva ancora pensato. Considerato che il problema, fondamentalmente, era abbandonare il Giornalismo, perché lei si sarebbe ritrovata ancora al punto di partenza avendo solo perso tempo, senza esitare un solo minuto Jacqueline accolse l'idea di finire quel corso tanto teorico e seccante quanto necessario. Doveva solo pensare che tutto l'anno scolastico, che ancora stava per iniziare, si era praticamente concluso.

In realtà, lei sapeva che necessitava di quel diploma, per cui, guardando la questione sotto un'ottica diversa, il corso universitario potrebbe essere non tanto tedioso quanto credeva perché, almeno, sarebbe stata tra i libri. In questo modo finì per provare l'unico sentimento che, a sua volta, aprì la strada, o scorciatoia, per affrontare la situazione: focalizzare l'altro lato della (scocciante) circostanza. Certe volte è più semplice; altre, necessario. E per Jacqueline era questione di facilitare quel che doveva essere fatto in quella fase della sua vita.

Con questa nuova motivazione finì l'università e ricevette il diploma che finalmente le diede la possibilità non solo di entrare nel mercato del lavoro che aveva scelto, ma principalmente di iniziare la sua vita nel settore del Giornalismo per arrivare a una casa editrice nel modo in cui aveva pensato, pianificato e principalmente sognato. Semplice così. Però, in tutto questo, c'era soltanto un dettaglio complicato nella sua vita.

Il suo attuale fidanzato.

Non che gli altri fossero stati migliori, che questo sia chiaro, ma lui è decisamente molto più complicato dei pochi altri che ha avuto.

Frequentando la stessa aula durante il corso di Giornalismo, Tiziano conquistò il cuore di Jacqueline anche per disprezzo. Si sono conosciuti di più quando lui iniziò a dedicare alcuni minuti dell'intervallo, o delle lezioni più noiose, per spiegare le nozioni di Diritto che, a quanto pareva, di tutta la classe, solo lui capiva veramente. Era uno dei pochi che riusciva a decifrare la materia forse per la sua abilità nel parlare e condurre il discorso dove volesse o fosse intenzionato. Jacqueline, a sua volta, voleva lavorare come giornalista, non come avvocato, quindi, del Diritto che non le interessava non si preoccupava, perché ne avrebbe fatto poco o nulla nella sua vita.

Considerando che i dubbi di tutti erano tanti, quel che presto sarebbe stato un gruppo iniziò con un unico compagno di classe, che aveva lo stesso interesse, forse anche meno, di quello di Jackie riguardo al Diritto. Quest'amico chiamò un altro, che a sua volta portò altre due amiche che, per bisogno o per gioco - Tiziano ha sempre approfittato del corpo agile che gli dava quel bell'aspetto tanto apprezzato dalle donne - portarono altre tre compagne di classe, fino a formare quella specie di combriccola che anche Jacqueline iniziò a frequentare. Fu così che Jackie e Tiz si avvicinarono, per fortuna o destino. Fino ad oggi Jacqueline crede che sia stato più per opera di questo ultimo. Fortuna, poca.

Ad ogni modo, la cosa non sembrava semplice per lei né nei suoi esami in quella materia, che seguiva detestando e senza volerla capire, né nel suo rapporto con Tiziano, sempre lontano e definitivamente molto più complicato da comprendere.

All'inizio questo ragazzo la irritava senza che lei si spiegasse il motivo. Il solo guardarlo già la rendeva nervosa.

Tutte le donne sanno che quando sentono una specie di rabbia gratuita per un uomo, questo sentimento finisce per mutare nell'esatto contrario. L'amore. Questo è successo anche tra loro, ma la rabbia iniziale aumentò molto di più quando Tiziano e il suo fedele amico Murillo cominciarono a sostituire le lezioni di Antropologia per il bar all'angolo, molto più frequentato.

Il cattedratico - lo stesso insegnante che insegnava il famoso Diritto, detestato da tutti, o quasi, - lasciò gli abiti talari per sposarsi, ma non aveva abbandonato l'abitudine di monologare su qualsiasi argomento dell'antichità in classe o di attualità (era specialista in questo), eccetto la materia per la quale gli era permesso sedersi in quella sedia per cinquanta lunghi (e interminabili) minuti.

Si sforzava persino di suddividere, lezione dopo lezione, la narrativa degli eventi accaduti nella sua vita in fasi e sottofasi, spiegando i dettagli che l'avevano portato ad abbandonare la tonaca, ma che nessuno ascoltava. Anche perché parlava con un tono molto basso.

Era patetico vederlo parlare fra sé e sé in mezzo al chiacchiericcio di tutta l'aula senza che lui chiedesse silenzio o, infine, decidesse di attrarre l'attenzione degli studenti. Questa preoccupazione non esisteva per lui probabilmente per due ragioni: a) essendo molto vicino alla pensione, aveva esaurito il surplus di volontà per insegnare nelle quattro o cinque ore di lezione quotidiana; b) gli alunni avrebbero trovato tutto il materiale nei fascicoli appositi che aveva scritto e che, neanche a dirlo, dovevano comprare per "seguire" le sue lezioni.

Il momento che trasformò definitivamente il nervosismo di Jacqueline nei confronti di Tiziano in qualcosa di molto diverso, per lei, arrivò sotto forma di uno strano invito.

«Jackie, andiamo a bere una birra da Pablino, quel bar all'angolo? Però non pensare che sia un invito, eh? Che questo sia chiaro. È solo una birra...»

Il disprezzo agì a favore di Tiziano.

—∫—

«Veronica, da persona sensata quale sei, e principalmente da mia migliore amica, devi essere sincera. Guardami bene - c'è qualcosa che non va in me? Pensi che un ragazzo vorrebbe uscire con me?»

«Come mai mi stai chiedendo questo, adesso? Non hai uno specchio a casa?»

«È che oggi Tiziano mi ha fatto un invito strano. Praticamente mi ha detto che non era un invito - che non voleva uscire con me - e mi ha fatto pensare....»

«Se lui non vuole uscire con te è un problema suo. Guarda Cassio, per esempio - ti gira intorno da anni e tu nemmeno lo guardi in faccia.»

«Ma lui è diverso. Non apre la bocca - mi sembra un fantasma. Gira, gira intorno e quando mi accorgo, è già al mio fianco. Muto.»

«Lui pavoneggia molto, questo è vero. Scommette sui suoi muscoli per conquistarti.»

«Sai che non l'ho mai sentito parlare? Non so come sia la sua voce. Ti sembra normale?»

«Tutti sembrano normali finché non li conosci. È la sua tattica. Si mette in mostra e punta tutto sulla sua mascolinità. In effetti, non gli si può dire nulla, perché ne ha veramente. Per questo crede di non aver bisogno di aprire la bocca - il suo fisico può fare molto di più rispetto a quello che potrebbe dire o fare per molte donne.»

«O sarà perché non ha nient'altro da esibire... con tutti quei tatuaggi! È diventato più nero a causa di tanto inchiostro che porta sulla pelle che dal sole e dalle mille lampade che si fa. Per me è una presenza misteriosa che girovaga...»

«... intorno a te! Hai visto le foto che ha postato su Facebook? Certe volte esagera pure, come quest'ultima - porta uno short così corto che un altro po'... adesso si è fatto un altro tatuaggio sul polpaccio. Hai visto? Ha questa parte qua tutta piena di piccoli triangoli, uno nero, completamente dipinto, e l'altro vuoto, all'inverso; uno nero dipinto, l'altro...»

«Non ti interessa ma guardi, vero?»

«Beh... lui si fa vedere e io guardo. Perché? Tu no?»

—∫—

Jacqueline si distingue dalle altre donne.

Attira l'attenzione anche per i suoi capelli castani, lunghi e curati, leggermente ondulati con molti riflessi, ma c'è qualcosa nel suo aspetto che la rende intrigante. Forse la sua energia invia un messaggio occulto e impercettibile per lei stessa agli uomini, che rispondono con un interesse maggiore, se comparato alle altre ragazze. Non se lo spiega nemmeno lei. Sono loro che catturano questo dettaglio enigmatico e la cercano. Per lei è scontato ricevere parole ed espressioni di desiderio, che ovviamente apprezza, pur non facendo nulla per riceverle. E non le piace quando un uomo passa al suo fianco nella totale indifferenza; la sua insicurezza le fa pensare che il suo fascino sia finito.

Tiziano, da buon osservatore, si distinse utilizzando "l'artiglieria pesante", scommise sul disprezzo e vinse un sì immediato all'invito per una cena.

Tuttavia, anche il loro primo incontro fu una situazione più *delicata* del solito; probabilmente un altro segno del destino. Tutto tra loro sembrava essere colpa di questa famigerata fatalità.

«L'invito di un uomo a una donna per la cena in un ristorante ha un nome specifico, Tiz - si chiama "appuntamento".»

«Mmh, facciamo che tu abbia ragione, ma non è proprio così. Ti ho solo fatto una domanda - se volevi cenare con me. Hai risposto di sì, quindi non è un appuntamento, è una risposta. Ci incontreremo da qualche parte per mangiare. E sarà una sorpresa - perché ancora non sappiamo dove o cosa mangeremo, vero?

Tra l'altro, per me sarà anche l'occasione per usare le mie scarpe da tennis nuove di zecca. Quindi, come hai visto, non è un appuntamento.» Il sorriso birbone gli rimase nella bocca chiusa mentre la guardava, cercando di non dare importanza a ciò che aveva appena detto.

«Di approcci strani ne ho sentiti tanti, ma essere invitata a cena perché si vuole indossare le nuove scarpe da ginnastica... è la prima volta! Non avevi qualcosa di meglio da dirmi?»

L'idea di Tiziano non era stata affatto buona, ma raggiunse l'obiettivo. Jacqueline stava di fronte al suo guardaroba.

Disperata.

«Devo andare da Zara. Non ho nulla da mettere e... ah noo! Perché il telefono squilla sempre nei momenti più improbabili? Sono già più che in ritardo...»

Jackie si voltò con un movimento rapido e fece piccoli saltelli in punta di piedi, destreggiandosi tra le tre paia di scarpe rimaste per terra in attesa di essere scelte per quella sera. Ogni volta che le guardava si sentiva ancora più confusa, nel decidere cosa indossare. Alcune avevano sentito il tocco del suo piede e si rovesciarono su un fianco come birilli da bowling; rimasero spaiate. Jacqueline continuò saltellando a piccoli passi fino alla presa del muro dove aveva lasciato il cellulare in carica nel salotto.

«Devo chiamarti per farti ricordare di me?» - il tono di voce dell'altra parte della linea sembrava serio.

«Ciaaaao! Ehm... non posso parlare adesso. Devo uscire e ancora sto... sono nuda, con un piede dentro la doccia.»

«Quindi, visto che esci, approfitta e passa qui, che ci manchi. È da tanto tempo che tuo padre e io non ti vediamo.»

«Oggi mi sa che non ci riesco proprio, Ma'.»

«Esci con qualcuno? Posso chiederti con chi?»

«Nessuno in particolare. È un collega dell'università. Usciamo giusto per mangiare qualcosa. Solo questo. Non ti mettere niente in testa, come sempre...»

«Jackie, guarda, se tu...»

«Mamma, la doccia è aperta e l'acqua sta scorrendo. Adesso non posso più parlarti, altrimenti faccio tardi. Devo riattaccare, ok? Ti chiamo e passo. Promesso!» Riattaccò e ritornò in camera di corsa, sbuffando davanti allo specchio più disperata di prima.

Jacqueline iniziò a togliere i suoi vestiti dall'armadio in preda al panico, non facendo altro che creare combinazioni ancora più improbabili. Non aveva ancora finito di aprire l'ultima porta dell'armadio per cercare alternative più decenti da indossare quando suonò il citofono.

Era Tiziano.

—∫—

La scelta del ristorante non fu la grande sorpresa della serata. Tutt'altro. Provando, senza riuscire a mangiare qualunque cosa cercasse di mettere in bocca, Jacqueline osservava Tiziano destreggiare gli *hashi* tra le dita con agilità e fermezza. Guardandosi intorno nel salone, si protese verso di lei sul tavolo e abbassò la voce per fargli una domanda.

«Fammi chiarire un dubbio» disse con un sorriso leggermente malizioso. «Se ben ricordo, mi hai detto che mi avresti fatto una sorpresa. Far giocoleria con queste bacchette. È questa la sorpresa?»

«Ho pensato che questo posto ti sarebbe piaciuto...»

«Mi piace, Tiziano. Solo che non ho la tua facilità.» Un altro sushi le cadde nel piatto.

«Facilità?» La risata gli uscì fragorosa.

«Ok, va bene... è inutile... non riesco a mettere in bocca neanche una di queste palline di riso avvolte nel nastro verde amaro con questi bastoncini... userò questo aggeggio anche a casa - aiuta nella dieta perché non mi fa mangiare!»

Abbassò la testa, ridacchiando. «Non è nastro verde. Si chiama alga marina. Prova questo, è delizioso...» e avvicinò il sushi con i suoi *hashi* alla bocca di Jacqueline.

«È buono ma è un nome qualunque. Per me dovrebbe essere nastro; lo è... anche se si mangia. Fammi vedere se ora riesco...» L'ennesimo tentativo fallito. Questa volta il sushi cadde sulla tovaglia bianca che copriva il tavolo proprio quando era già molto vicino alla sua bocca. Jacqueline lo sentì ridacchiare di nuovo.

«Non ridere! Ma come fai?» chiese, guardando il mini tortino di riso rigirarsi nel tavolo con la stessa espressione sul viso di quando apre il cofano della sua auto.

«Non devi mangiare il nastro, voglio dire, l'alga. Guarda quanti tipi di pesce hai da scegliere!» Fissando i suoi occhi, Tiziano prese la sua mano e abbassò il tronco per avvicinarle il viso, ripetendo il gesto dell'attraente Jacqueline. Abbassò il tono di voce: «Se guardi bene, noterai che in fondo al tavolo ci sono delle forchette e dei coltelli...»

«Sul serio? Ah, allora vado a prenderli! Basta masochismo.»

Jacqueline inarcò un sopracciglio, guardandolo; risero entrambi. Si alzò dalla sedia, facendo scorrere le mani sulla sua gonna plissettata. Emise un piccolo sospiro di spavento e fece un breve sorriso, subito dopo, per non aver visto il cameriere che le veniva incontro portando tre piatti in un solo braccio. Rimase di fianco per dargli spazio per camminare liberamente.

Quando tornò a mangiare con coltello e forchetta tutto le sembrò più semplice, anche se il sapore del cibo nel piatto era comunque lo stesso. Preferì non esprimere nessun altro giudizio, in fin dei conti era pur sempre il loro primo appuntamento.

«Quanto sacrificio per niente... ora riesco a mangiare questo nastro! Ma cambiando argomento, non vedo nessun tatuaggio. Ne hai qualcuno?»

«No. Nessuno. Tu?»

«Nemmeno io. In realtà vorrei farmene uno ma non riesco a decidermi.»

«Mi fido della tua parola e non ti chiederò di dare un'occhiata» disse lanciandole velocemente uno sguardo incuriosito sulle sue braccia nude, evidenziate dal top nero senza spalline. «Amo questo tuo modo spontaneo di fare, Nastrino mio. Amo i tuoi occhi!»

La cena stava finalmente trascorrendo in modo normale ma, poco dopo sarebbe successo quel che non avrebbe dovuto mai accadere, soprattutto durante un primo incontro.

«La serata è stata più divertente di quanto mi aspettassi, Tiz, ma credo di aver bevuto troppo di questo sakè. Non mi sento molto bene. Ho la nausea. Devo andare in bagno.»

Jacqueline si alzò sapendo che era già troppo tardi. Tiziano vide quanto era pallida - si alzò un secondo dopo e si accodò a lei.

«Devo andare subito in bagno, Tiii! Dov'è?»

—ʃ—

«Non è possibile, Jacqueline! Racconta! E lui? Che ha fatto?» l'amica rideva di gusto.

«Niente! Mi diceva solo di stare calma. L'ha ripetuto non so quante volte. E tu non hai visto la faccia del...»

«Questo è troppo! Vomitare sui piedi di Tiziano al primo appuntamento!?»

«Non è stato sui piedi, Veronica. È stato sulle sue scarpe da ginnastica. Quelle nuove.»

Prima parte

Le poesie

Le poesie sono volatili che arrivano
non si sa da dove e si appoggiano
nel libro che stai leggendo.
Quando chiudi il libro, loro prendono il volo
come da una botola.
Loro non hanno approdo né porto;
si nutrono per un istante su ogni paio di mani, e volano.
E tu, allora, guardi, queste tue mani vuote,
nello stupore di sapere
che il loro alimento era già in te...*.

Mário Quintana
Esconderijos do tempo

*Traduzione dell'autrice

La sognata casa editrice

Pensava, cercava, sognava e realizzava.

Probabilmente non sempre in questo stesso ordine ma, quando cambiò l'aula del corso di Giornalismo per la stanza accanto alla proprietaria, Jacqueline dimostrò, ancora una volta, che aveva molto chiaro in mente quello che voleva per la propria vita.

"Maria Jacqueline Pellegrini - Assistente editoriale", si leggeva nella targhetta dorata affissa sulla porta della sala del suo primo lavoro.

Aveva realizzato il suo sogno di lavorare in una casa editrice.

Perché piccola, appena creata, lei avrebbe dovuto fare un po' di tutto. O meglio, lei doveva occuparsi di tutto. Lavorare alla Solo Lettere significava assumere vari incarichi e avere molte responsabilità allo stesso tempo, ma, tra tutti, quel che le piaceva di più era il settore editoriale: lavorando in redazione, era lei che leggeva e sceglieva i manoscritti che sarebbero diventati libri.

Quando valutava un'opera, Jacqueline usufruiva tutta la sua esperienza di lettrice, mettendosi comodamente in questa posizione attraverso la sua ampia percezione della realtà nel mondo dei libri e della lettura in generale. Avendo letto sempre molto, sapeva cosa potesse essere interessante o meno al pubblico e, di conseguenza, alla casa editrice. La sua abitudine di leggere molto contribuiva a questo grande incarico, compensando la sua mancanza di esperienza. Fare la prima valutazione dei manoscritti era ciò che aveva sognato di fare in una casa editrice.

Il suo amore per la lettura, forse perché non ha mai disprezzato un romanzo, una poesia, un racconto, un imballaggio qualsiasi e nemmeno un bugiardino per il semplice piacere di leggere, l'aiutava a cambiare le buste degli originali, inviate alla redazione, dalla pila del "no, nonostante sia una storia interessante" alla "interessante/da leggere fino alla fine" con sorprendente sicurezza.

D'altro canto, la proprietaria era una donna vile che, senza sapere cosa fare della propria vita, aveva deciso di entrare nel mercato editoriale quando il marito perse l'impiego nello studio contabile dove lavorava come avvocato. Per lei, questo era l'investimento meno costoso all'epoca - pensò che sarebbe bastato affittare un piccolo appartamento al piano terra di un vecchio edificio alla periferia della città per avviare un'attività. Redditizia, il suo vero e unico obiettivo. E così fece. Fu solo allora che iniziò a pensare che le persone avrebbero dovuto leggere di più.

Senza la minima preparazione o conoscenza del settore, con il passare dei giorni Elenia Giusti si accorse di aver bisogno di un'assistente. Non tanto per la mole di lavoro da sbrigare, ma per il come, giacché dei libri si ricordava di averne sentito parlare e sapeva anche che servivano a qualcosa, senza ricordarsi a cosa, esattamente. Sapeva solo che potevano portarle profitto dal momento che possono essere venduti.

In realtà, rimaneva stupita proprio nel costatare un fatto alquanto strano per lei: l'immensa quantità di persone che comprano libri con regolarità. Non riusciva a capire (e non ha mai compreso) il motivo per cui le donne sostituivano un pomeriggio di shopping in un centro commerciale o con le amiche per passare ore intere in silenzio e senza compagnia alcuna, soprattutto, davanti a un libro - *donne*, specificamente, dato che, secondo lei, sono loro le uniche a leggere - le sembrava alquanto strano immaginare un uomo con un libro in mano. Però, da quel momento in poi, avrebbe fatto di tutto per incoraggiare la lettura a tutti.

Da tipica imprenditrice, voleva trasformare la Solo Lettere in un'azienda di successo, forse anche in una delle più importanti case editrici sul mercato, soltanto per contare i molti zeri che sarebbero entrati sul suo conto bancario. Tuttavia, i mezzi che iniziò ad attuare sin da subito per raggiungere i suoi obiettivi, ben diversi dai rosei e dorati del suo ormai braccio destro, non sempre furono l'esempio della tipica imprenditorialità.

Una vedeva solo lettere davanti. L'altra, numeri. In questo modo, non era mai semplice per Jacqueline mischiare il profitto così auspicato dall'ambiziosa responsabile con il sogno di veder pubblicato il proprio libro della maggior parte degli autori alle prime armi. Tutt'altro - quasi sempre era una questione molto esplosiva.

Questo era anche uno dei motivi per cui non c'era routine nel suo lavoro: lavorava molto ogni giorno perché voleva bilanciare questi due piatti sulla stessa bilancia, oltre ad essere sempre travolta dalle mille preoccupazioni e occupazioni che le erano quotidianamente affidate.

Stai lavorando toppo. Non trovi più il tempo per noi.

Il messaggio che ricevette dal fidanzato mentre lavorava la lasciò un po' sconcertata perché era vero. Questa volta Tiziano si stava lamentando giustamente. Lo facevano quando uno dei due sentiva il bisogno di avvicinamento; ritagliavano un tempo dove non esisteva nessun altro al mondo oltre loro due. Strano che questa volta fu lui a chiederlo, perché di solito - sempre - era lei a farlo.

Il misto di sorpresa e gioia nel ricevere quel messaggio fece pensare a Jacqueline che il rapporto con più bassi che alti, in cui era lei che faceva di tutto per mantenerlo, avrebbe potuto finalmente prendere un altro verso. E con un "chissà che adesso lui voglia dare al nostro rapporto l'importanza che merita" nel cuore iniziò a pensare a qualcosa di molto speciale per la notte, che avrebbe dovuto essere molto più speciale di tutte le altre che aveva preparato fino ad allora.

Questo successe, difatti. Non esattamente nel modo che lei aveva pensato o pianificato, però.

Tutto è diventato complicato per me, lo sai.
*Dobbiamo recuperare. Che ne dici oggi stesso? :**

Con la risposta affermativa del fidanzato, per quella sera Jacqueline voleva comprare qualcosa di diverso nella rosticceria vicino alla casa editrice, dove trovava sempre un'ampia varietà di piatti per preparare una loro cenetta romantica. Così, uscì dal lavoro in orario, il che era anormale per lei; dopo le sei era il momento in cui poteva lavorare senza pensare a rispondere alle mail o alle chiamate.

Tra mille dubbi, scelse medaglioni di filetto in crosta di pepe rosa serviti con risotto alle fragole e moscato frizzante. Valeva la pena provare non solo perché era diverso, ma principalmente per l'appetitoso aspetto con cui era presentato al bancone.

Per il dessert la decisione fu rapida e sicura: crumble di frutti rossi. Tiziano ne mangerebbe uno intero, se non fosse per la sua ossessione di mantenere le curve sprofondate nei suoi addominali. A causa della fissa di modellare sempre di più i propri muscoli, risultato ottenuto dopo tante ore di allenamento, dedicava sempre più tempo alla palestra che a Jacqueline, che ormai aveva rinunciato a lamentarsi. La scelta del vino era stata lasciata al proprietario del locale, un vero esperto in materia. Era un appassionato, non soltanto un sommelier.

Quando arrivò a casa, infilò e abbandonò la chiave appesa alla toppa della serratura e appoggiò le borse sul bancone della cucina per adagiare la spesa su piatti e vassoi. Tutto quello che aveva era molto ricercato e particolare. Non era lusso, era buongusto, al quale Jacqueline non rinunciava. Lei sapeva come incantare e affascinare il suo ragazzo nella notte che era "la loro", anche se il romanticismo e la sensazione di "adesso funzionerà" svanivano sempre qualche ora dopo.

Al centro del tavolo lasciò un candelabro con piccoli ciottoli luminosi che sembravano brillantini ballando all'interno di un tubo di vetro cavo. Amorevolmente sparse piccole candele galleggianti qua e là per illuminare l'ambiente. L'atmosfera aveva la sua importanza perché era quello che più seduceva e affascinava Tiziano. Lei voleva che tutto fosse perfetto per quella serata.

Si fece una doccia più lunga e profumata del solito. Scelse la lingerie con cura, indossò i sandali neri coi tacchi che a Tiz piacevano di più (le diceva che erano molto sexy) e indossò l'abito nero con piccole borchie e pois argentati applicati; quel taglio leggermente svasato le regalava un'irresistibile aria da bambina. Lo comprò per una notte che avrebbe dovuto essere tanto speciale quanto quella che stava preparando, ma che non si realizzò fino in fondo. Tiziano ebbe un forte mal di testa, che non migliorò neanche con tutte le medicine che l'attenta e dedita fidanzata gli consigliava al telefono. «Se le medicine non fanno nulla, figurati il caffè senza zucchero. Non vale la pena neanche provare.» Questo replicò, e la loro serata fu cancellata quando Jacqueline aveva già iniziato a prepararla.

Ad ogni modo, lei adorava quel vestito e si sentiva felice di poterlo indossare di nuovo. Davanti allo specchio, si girò e rimase soddisfatta dell'immagine che vide. Quel modello le calzava a pennello, mettendo in risalto il suo corpo snello e ben fatto.

Il suo "niente male" ebbe come effetto la liberazione di endorfina nella sua circolazione sanguigna e lei, felice e, di conseguenza, animata, prese la piastra per un ritocchino frettoloso, ripassandola solo nelle punte dei suoi cappelli. Poi, con sensualità e femminilità, chinò il busto e lo rialzò in modo rapido ed energico per sciogliere i capelli. Esaltò alcune parti del corpo con il suo profumo preferito e andò in soggiorno per accendere le candele mentre aspettava l'arrivo del fidanzato già impaziente.

Tutto sembrava perfetto. L'atmosfera, romantica, come piaceva a Tiziano, era perfetta, anche se la cena non fu altrettanto. Poche ore dopo Jacqueline avrebbe incolpato l'abito, che per la seconda volta le portò la stessa delusione.

Il telefono squillò nel bel mezzo della cena romantica.

«Non hai spento il cellulare, amore?», addolcì la voce per non perdere l'effetto che aveva creato.

«Mi sono dimenticato, Nastrino» rispose Tiziano, controllando il cellulare. «Devo rispondere. È Murillo.»

«Tiz, no. Non rispondere. Questa è la nostra notte. Spegnilo. Chiamal...»

«Ciao, fratello... che succede?... No, sono con la Jacqueline.»

«Cosa vuole, adesso?» L'espressione di Jackie parlava per lei.

«Shhhh, non sento.» Portò il cellulare sulle spalle per un attimo, parlando a bassa voce in modo che il suo amico non ascoltasse. «Non c'è campo.» Si alzò e si diresse alla finestra. «Che hai detto? Ripetimelo... ho capito solo fino a quando hai detto che lei è molto gelosa... cosa? Sul serio? Dove sei?»

«Non me lo dire che mi lascerai sola...»

Tiziano si sedette di nuovo a tavola e appoggiò il cellulare sul tavolo, guardando Jacqueline con l'aria di chi ha brutte notizie da comunicare. Strinse le labbra.

«Murillo e la Fe si sono lasciati.» Restò in silenzio a guardarla. «O meglio, Fe ha lasciato Murillo. Nastrino, scusa. Devo andare. Mi ha chiesto se posso andare da lui adesso...»

«Secondo te? Puoi andare? Hai davvero il coraggio di partire e di lasciarmi sola, Tiz? Proprio adesso, con tutto questo che ho preparato per noi? Fai quello che vuoi. Solo per aver risposto al cellulare hai già rovinato la nostra serata.»

Indifferente al commento che restò nell'aria, Tiziano si alzò senza alcun tentennamento e diede un bacio sulle fredde labbra della Jacqueline, delusa e disorientata, per andarsene.

«Questo è quello che chiami solidarietà maschile? Per te, Murillo è più importante di me?»

Tiziano non rispose. Afferrò la giacca e dopo un frettoloso «domani parliamo» chiuse la porta con gran rumore.

Jacqueline, frastornata, non poté evitare le lacrime che le scesero sul viso senza che se ne accorgesse, neanche la rabbia, la delusione e la voglia di finire tutto che le riempiva il cuore. Sembrava le mancassero le forze, ma non poteva restare seduta davanti a quella tavola imbandita. Vuota.

Con movimenti lenti si alzò e iniziò a raccogliere tutto quello che aveva preparato per la notte, che avrebbe dovuto essere molto speciale. Soffiò sulle candele galleggianti senza preoccuparsi se voleva ancora salvare il salvabile. I suoi pensieri la tormentavano più del gesto di Tiziano. Al culmine di tutte le difficoltà di una relazione tormentata, riconosceva che, come ogni coppia, anche loro avevano problemi. Ma il fidanzato aveva appena superato la sua linea di sopportazione.

Jacqueline non aveva più voglia di litigare; era già successo tante volte. E quando questo accade è già troppo tardi per recuperare una relazione. Non aveva più né forza né pazienza per sopportare un'altra delusione perché lei aveva una sola certezza. Sarebbe successo ancora.

Maria Jacqueline si sentiva sola in quella relazione e restare avrebbe significato aspettare soltanto che lui la deludesse di nuovo. Come successe tutte le altre volte in cui aveva pensato di troncare definitivamente. Non era la prima volta che pensava a ciò. Ma doveva essere l'ultima.

Storie e più storie...

Diverse settimane erano passate senza che Jacqueline riuscisse ad andare oltre le prime pagine o capitoli dei manoscritti che arrivavano con le storie più strambe possibili. Era impossibile, per lei, pensare di pubblicarne una.

In una casa editrice qualsiasi il periodo di consegna dei testi originali durava solo alcuni mesi all'anno, ma questo non accadeva alla Solo Lettere. Nella casa editrice coordinata da Elenia, sotto le idee e il duro lavoro di Jacqueline, le opere erano accettate, valutate e pubblicate durante tutto l'anno.

«Dobbiamo creare un grande catalogo e portfolio» diceva l'ambiziosa proprietaria alla dedita assistente, ripetendo questa frase ogni volta che le sembrava doveroso in modo quasi ostinato.

Erano giorni di grande pressione per tutte e due. Elenia voleva pubblicare un altro manoscritto a tutti i costi. Arrivò addirittura a dire a Jacqueline che, se lei non lo avesse trovato entro poche ore, lo avrebbe chiesto a Mafalda, perché lei ci sarebbe sicuramente riuscita. Quindi, era meglio darsi da fare per trovare il fatidico manoscritto, uno qualunque, «anche a costo di modificare uno dei ricevuti per renderlo pubblicabile, oltre che diverso, affinché l'autore non se ne accorga.» Elenia affermò questa sua idea con piena convinzione. Sembrava che la proprietaria della casa editrice avesse perso il senno.

Nella prima discussione tra loro fu quasi inutile per Jacqueline spiegare a Elenia che non l'avrebbe mai fatto - non per timore di essere accusata di furto di proprietà intellettuale, ma per coscienza. In quel momento lei comprese quale tipo di compromessi l'editore fosse disposta ad accettare pur di raggiungere i suoi obiettivi.

Nonostante la lunga ed estenuante giornata lavorativa stesse per concludersi, i suoi problemi non sarebbero ancora finiti. Tutt'altro. Jacqueline era ancora triste, preoccupata e distratta; le cose con Tiziano stavano diventando sempre più difficili. Lui era più distante e freddo che mai.

Fino ad allora non sapeva esattamente cos'era successo a Murillo quella sera, perché il suo ragazzo era sempre molto evasivo nelle spiegazioni quando, in qualche modo, lei sollevava l'argomento. Era triste perché, nonostante tutto, lui le mancava; non si erano parlati o visti molto negli ultimi giorni. Era preoccupata perché, sebbene l'amore che ancora provava per lui fosse molto cambiato negli ultimi tempi, non voleva perderlo; era distratta perché questa ipotesi era più che probabile nel breve orizzonte che le si presentava davanti. Non sapeva dove trovare il bandolo della matassa aggrovigliata in cui si era trasformata la loro relazione.

Le mille domande che le arrivavano le rimanevano in mente, intralciando il suo lavoro, che ha sempre avuto l'effetto di calmarla. Anche leggere la calmava, ma, in quel momento, non riusciva a fare bene né l'uno né l'altro. Era risentita. E non c'è nulla di meglio del risentimento per distruggere una relazione.

Aveva deciso di dedicare le ultime ore della giornata alla lettura dei manoscritti ricevuti perché, se un testo l'avesse interessata dopo le costanti riunioni, lo stress e le insensate e bislacche richieste di Elenia, significava che doveva essere davvero interessante. Era il test finale per Jacqueline, che iniziava a leggere l'originale da semplice lettrice per avanzare come giornalista e finirlo come assistente dell'editore - il momento in cui decideva se dare vita o meno alla storia che aveva in mano per materializzarla negli scaffali delle librerie.

Girò con la sedia e si alzò, sbuffando, per aprire la porta centrale dell'armadio d'acciaio a tre ante. Non riusciva ad uscire dall'energia di frustrazione nella quale era entrata. Irritata, tirò fuori un'altra busta da quella pila che non smetteva di crescere. Non l'ultima. Una qualsiasi, nel mezzo di quell'accumulo dove tutte le altre aspettavano la sua risposta.

Il suo pensiero era vuoto, così come lei. Si sedette, distratta, lasciandosi sprofondare nello schienale della sedia, che dondolò sostenendo il peso del suo corpo. Aprì la busta senza prestare alcuna attenzione.

Sconfortata, ritirò il manoscritto che conquistò un po' della sua attenzione per il modo con cui i fogli furono accuratamente rilegati; si notava per l'aspetto piacevole con il quale si presentava. Era quasi un libro fatto a mano.

Scorse gli occhi sulla sinossi, concisa, fluida, tenendola con una mano mentre leggeva alcune parti della dedica e della prima pagina quasi con negligenza. Senza alcuna emozione, dedicò poco tempo a leggere le prime righe del primo capitolo, che finì in un istante. Passò al capitolo successivo, che terminò rapidamente anch'esso. Un'ora dopo lesse l'ultima frase dell'ultima pagina. Inserì i fogli dentro la busta per rimetterla sottochiave nel suo cassetto, sentendosi ancora vuota, purtuttavia con una sensazione diversa.

Il giorno successivo iniziò con una buona dose di ottimismo.

«Dai uno sguardo a questo manoscritto, Elenia. È forte e interessante. Penso che meriti di essere pubblicato.»

«Impossibile. Il calendario è al completo» obbiettò senza battere ciglio.

"Calendario? Quale calendario" ponderò Jacqueline, ripensando a quando la titolare stessa la costringeva a pubblicare un manoscritto qualsiasi solo il giorno prima. Inclinò la testa con innocente stupore, ma si mantenne seria come se conoscesse tale programmazione.

«Sono sicura che quest'opera porterà molte soddisfazioni alla Solo Lettere.»

«Abbiamo fatto molti investimenti. Dobbiamo restare in stand-by prima di pubblicare qualcos'altro. Abbiamo bisogno di rientro.»

«L'autore, medico, è esordiente, ma il testo è ben scritto. Lui affronta il tema dell'alimentazione in modo abbastanza informale, e la narrativa si arricchisce con i molti suggerimenti e le ricette proposte. Ha potenziale.»

Adesso era Jacqueline a far pressione. Sapeva di cosa stesse parlando.

Elenia alzò lo sguardo e guardò Jacqueline con la stessa freddezza con cui guardava i fogli che separava con gesto meccanico. Abbassò la testa ancora di più per raccogliere delle carte accumulate e cambiare la loro posizione. Non si capiva se stesse mettendo ordine in quello scompiglio sulla sua scrivania o se stesse cercando qualcosa. Con l'attenzione ancora concentrata sui documenti, con totale disinteresse e voce più bassa del solito, fece un'altra domanda senza guardare l'assistente.

«È un libro di ricette?»

«Non solo, ma ce ne sono alcune. Fondamentalmente ci sono molte informazioni per la salute, tra una ricetta e l'altra.»

«Ricette...?» Alzò lo sguardo, fissando il vuoto per un instante. «Può essere redditizio» disse senza esitare.

«Guardalo. Capirai il mio entusiasmo.»

«Non ora. Devo trovare un documento... per caso hai visto un contratto con timbro blu in fondo, sulla destra? È più importante. Comunque, devi fare tutto rispettando il piano editoriale.»

"Quale piano editoriale?" rifletté. Per un attimo, Jacqueline si sentì confusa e ebbe l'impressione di averlo detto ad alta voce; non lo fece.

«Ma dove è andato a finire?» Elenia lasciò scappare un sussurro, girando la testa con impazienza da un lato all'altro.

La sua contraddizione è stata sempre il fermo paradosso della sua personalità, nonostante la forza e il coraggio che mostrava ed esibiva in tutte le situazioni, nascoste nella sua fragilità e codardia. Fino a un minuto prima la pressava, affinché pubblicasse altre opere; ora voleva aspettare il ritorno delle spese. Tra le contraddizioni e le esplicite bugie era quasi impossibile, per Jacqueline, parlare con la sua responsabile e capire quel che veramente stava dicendo tra le righe. Il vero significato delle sue intenzioni lo conosceva solo lei stessa. Per molte volte Jacqueline le ribadì, qualche tempo dopo, che forse nemmeno lei lo sapeva. Era molto difficile lavorare con una persona così instabile.

In un attimo Elenia dava priorità a un unico pensiero, fatto o opinione, fondamentale per lei, come se da quello dipendesse la soluzione per la pace tra gli uomini di buona volontà su questa Terra.

Il giorno dopo, oppure anche il minuto successivo, la rilevanza era un'altra perché le sue opinioni cambiavano di continuo. Jacqueline doveva camminare e destreggiarsi quotidianamente sul filo del rasoio della personalità della titolare, sempre più egocentrica.

«Non insisterei se non ci credessi. Sono sicura che non te ne pentirai.»

«I libri di cucina si vendono da soli, alle donne piacciono e loro li comprano spesso. La cucina è di moda, bla bla bla, ma non è questo il momento. Un passo alla volta.» Elenia sembrava convinta.

«L'autore è il medico di un famoso politico» Jacqueline lanciò la frase e rimase inerte nella stanza.

Osservava i movimenti di Elenia in attesa di una sua reazione che potesse esserle d'indizio di ciò che stava veramente pensando. Cercava di persuaderla usando gli argomenti per lei più convincenti. Imparò a conoscere il suo modo di pensare e di reagire e, di conseguenza, sapeva quali erano le motivazioni più attrattive secondo il suo punto di vista. Inutile insistere sulla buona qualità del testo perché non avrebbe sortito alcun effetto.

Elenia, invece, senza proferire una sola parola, gettò gli occhi all'angolo guardando il nulla, mentre storse la bocca per la durata di un respiro. Lo faceva ogni volta che stava pensando seriamente a qualcosa. Jacqueline pensò che, con molta probabilità, il suo commento aveva avuto una certa dose di efficacia.

«Con questa informazione sulla copertina il libro può anche vendersi da solo. Possiamo mettergli il politico accanto in una foto... bene. Portami il testo, così lo faccio vedere a Mafalda.»

E senza che Elenia avesse il tempo di inalare il respiro successivo, Jacqueline già aveva messo la busta gialla di carta Kraft sulla sua scrivania.

Il giorno successivo Jacqueline ascoltò un'inaspettata comunicazione mentre Elenia passava davanti al suo ufficio con il volto cupo e in silenzio quasi assoluto se non fosse per quel:

«Voglio parlare con te.»

Jacqueline continuò a guardare per aria aspettando che lei aggiungesse qualcos'altro - lo avrebbe fatto. Ma non ascoltò alcunché. Strano, perché, principalmente, quando arrivava, aveva sempre molto da chiederle. Jackie sentì solo il tonfo leggero dell'abbandono della sua borsa Prada sul davanzale sporgente della finestra. Era il suono che caratterizzava il suo arrivo al lavoro.

Alcuni minuti dopo Elenia entrò nell'ufficio della sua assistente, camminando a passi lenti, ancora in silenzio. Con spregio e poca voce, finalmente la proprietaria fece la prima richiesta del giorno a Jacqueline.

«Bene. Invia il contratto proforma al cuoco.» Prese una penna del portamatite della sua assistente e ritornò al suo ufficio.

Jacqueline fermò quel che stava facendo per guardarla. Rimase in attesa, certa che avrebbe sentito alcuni dei suoi ormai tipici commenti fuori luogo o richieste sempre irrimediabilmente urgenti, ma non sentì altro che il rumore ovattato dei tacchi larghi e bassi di Elenia.

Con un movimento impetuoso Jacqueline trascinò velocemente la sedia per andare dell'editore, che trovò ancora in piedi davanti alla sua scrivania controllando il cellulare. La sua precauzione l'ammoniva di confermare *prima* di prendere qualsiasi decisione.

«Stai parlando del dottore?»

«Lui è un medico? Pensavo fosse cuoco... allora perché ha scritto un libro di cucina?»

Jackie dovette usare tutta la calma che le stava sfuggendo sempre più negli ultimi tempi per ripetere la stessa spiegazione del giorno precedente, ossia, che l'autore, *medico*, aveva scritto un libro sulla salute in generale con *alcune* ricette, non un libro *di ricette*.

«Comunque non cambia nulla. Continua ad essere un libro di cucina. Contattalo appena puoi.»

Jacqueline si stava già abituando ai commenti inopportuni e spropositati di Elenia, la quale non vide l'espressione che si era formata sul suo viso quando si voltò per tornare nel suo ufficio, né i colpetti che diede in aria con entrambe le braccia e le mani chiuse, lanciandole una alla volta, quando rientrò.

Era contenta perché era consapevole che il risultato di questo (suo) nuovo progetto avrebbe avuto un enorme peso sulla sua carriera nella casa editrice. Dopotutto, se il libro fosse diventato il successo che lei si aspettava, sarebbe stato solo grazie alla sua insistenza.

Credeva in questo libro, interessantemente diviso tra i passaggi più importanti di vita dell'autore, quasi come una piccola autobiografia, e i consigli medici per una corretta alimentazione con ricette innovative con molte spiegazioni. Sentiva il suo potenziale. Nelle mani di persone più influenti avrebbe potuto raggiungere grandi risultati.

Con tutto questo nella mente e nel cuore decise che si sarebbe spesa per lavorare senza risparmiarsi su quel manoscritto, che ora doveva essere lavorato per la pubblicazione. Senza indugiare, aprì una busta per cercare un numero di telefono.

—∫—

Le parole scritte in quelle pagine, che finì per leggere tutte, per puro apprezzamento, presero vita sulla bocca dell'autore del libro promettente. Durante la prima conversazione telefonica, lei le ascoltava con maggiore interesse rispetto a quando le aveva lette, anche perché quella voce calda e profonda quasi la ipnotizzava.

«Allora...» Jacqueline si schiarì la voce per riavere, ma soprattutto per mantenere, l'*aplomb* professionale necessario al momento e alla situazione. «Possiamo già fissare una data per firmare il contratto in una riunione con l'editore.»

«Perfetto! Organizzi tutto lei, come meglio crede. Domani avrò un congresso a San Paolo e, quando finirà, nel tardo pomeriggio, se non è troppo tardi per lei, passo da voi prima di tornare a Campinas[1].»

«Ah, è vero - lei non vive qui. Quindi, dobbiamo approfittare della sua permanenza nella capitale.»

«Quando vuole, ma non è così urgente. Sono sempre qua. Offro assistenza all'Ospedale Sirio-Libanese dal lunedì al mercoledì, e San Paolo ormai è diventata la mia seconda casa.»

«La signora Elenia non sarà in ufficio domani. Avrà un importante incontro con un gruppo di librai. Siccome sono io che coordino tutte le fasi della produzione letteraria, possiamo fissare un orario senza l'editore, se per lei va bene.»

«Si figuri. Si senta libera di fare come ritiene opportuno. Fissi l'orario migliore per lei e per me sarà perfetto.»

«Ottimo, dottor Antonielli. Quando verrà, fondamentalmente discuteremo la proposta editoriale per il suo libro, ma mi piacerebbe spiegarle anche come verrà sviluppato tutto il progetto. Domani è giovedì; alle 18 è un buon orario per lei?»

1. Campinas è uno dei più importanti comuni dello stato di San Paolo, omonima microregione distante 99 km della Capitale

I molti modi di aiutare

Ultimamente, il ritmo duro che Jacqueline stava affrontando al lavoro le impediva di avere una vita normale. Amava quel che faceva, ma le ventiquattro ore del giorno, secondo lei, avrebbero dovuto essere solo l'inizio della sua intera giornata negli ultimi sei mesi per riuscire a fare tutto quel che le passava per la mente - principalmente in quella di Elenia, la cui creatività inesauribile non smetteva di produrre le più strampalate richieste, alcune quasi impossibili.

Quando decise di andare ad abitare da sola, voleva organizzare il caos dentro se stessa. Pochi mesi dopo il caos non fu più interno, ordinato, ma passò a essere esterno e completamente disorganizzato, in una sorta di modus vivendi.

Le madri sono sempre un grande aiuto e anche la madre di Jacqueline è così. Pur senza rendersi conto di cosa l'aspettasse dall'altra parte della porta, Maria Isabel entrò nell'appartamento per ricevere il piccolo armadio che la figlia aveva ordinato da un famoso negozio online.

Era felice di poterla aiutare; raramente lo faceva, perché la figlia stessa glielo impediva. Però, quel che vide, quando entrò, le destò tanto stupore quanto preoccupazione. I suoi occhi rimasero spalancati a lungo. Impossibile che un essere umano avesse fatto tutto da solo.

Quel disordine doveva essere stata opera di un ladro che aveva messo quasi tutto quello che c'era dentro l'armadio, fuori, alla ricerca di soldi o di valori nascosti nel modo più ingenuo possibile. Da quel che si vedeva, Jacqueline era stata derubata e doveva aver esperienza, il malvivente.

Sopra il lavandino riconobbe i resti della torta che lei stessa aveva cucinato e dato alla figlia due giorni prima. Meglio non toccare il piatto. Con molta probabilità ancora conservava le impronte digitali del malfattore e avrebbe potuto essere utile quando la polizia avesse iniziato le indagini; il manigoldo non aveva avuto nemmeno il tempo di mangiare l'intera fetta del dolce.

Maria Isabel decise di chiamare la figlia. Mentre aspettava la risposta, sentendosi orgogliosa della sua capacità di ragionare freddamente, il suo sguardo, come un raggio laser, perscrutò lentamente tutta la cucina, il luogo del misfatto. Decise di parlare a voce molto bassa; l'intrepido mascalzone poteva ancora essere nascosto da qualche parte in quella scena del crimine in cui si era trasformata la residenza della sua piccola.

Fece due passi. Restò di fronte al corridoio, pentendosi di star per chiamare la sua bambina; di sicuro l'avrebbe spaventata. Per la sua totale disperazione notò, stirando il collo, che il disordine assoluto sembrava diffuso per tutta la casa. Quindi, il malfattore aveva avuto il tempo di perlustrare l'intero appartamento. Avrebbe dovuto chiamare direttamente le forze dell'ordine.

Solo quando sentì dall'altra parte della linea, quella risata che tanto le riempiva il cuore di madre, scoprì con estremo disincanto che il problema era molto più grave di quanto avesse pensato prima: non c'era e non c'era stato mai alcun ladro in casa. Jacqueline stessa aveva fatto tutto con le sue stesse mani. Per un secondo, verosimilmente, Maria Isabel avrebbe preferito l'incursione di un malintenzionato.

Siccome sarebbe stato necessario molto più di un manuale di Feng Shui per cancellare lo stato deplorevole in cui si trovava l'appartamento, il problema venne risolto in modo abbastanza pratico per entrambe, quando Jacqueline iniziò ad avere l'aiuto di una signora per le pulizie che si prese cura anche del suo disordine cronico.

—∫—

Jacqueline non aveva tempo nemmeno per approfittare del buon odore di casa pulita. Passava molte ore nella casa editrice perché voleva organizzare gli ultimi dettagli della prima riunione con il dottor Antonielli. Dato che aveva ancora molto da fare, decise di arrivare prima al lavoro. Elenia, mattiniera com'era, ebbe la stessa idea.

«Già al lavoro? Buongiorno! Elenia?! Ma cosa è successo?» chiese Jacqueline spaventata, facendo vagare lo sguardo sulla sua responsabile.

«Mi sono alzata nella notte e sono scivolata giù dalle scale e mi sono slogata il braccio. Non è nulla.»

«Sulle scale? La tua casa ha delle scale?»

«Ehm... certo. Nel garage. Sono scivolata sulle scale del garage.»

«Ma che ci sei andata a fare nel garage di notte?»

«Mi stai facendo un interrogatorio?»

«No, certo che no. Scusa. Mi sono preoccupata quando ho visto l'immobilizzatore per il braccio e ho iniziato a fare domande senza volerlo.»

«Lo apprezzo, ma non c'è niente da capire. Sono caduta. Tutto qui. Non ti preoccupare. Enrico e io siamo usciti dal pronto soccorso verso le tre del mattino e non sono tornata a casa. Sono venuta direttamente in ufficio perché abbiamo molto da fare. Parlando di lavoro - hai chiesto a Giorgio di inviare nuovamente i file? Non capisce nulla, quell'idiota...»

«Sì, sì, gli ho già inviato una mail di richiesta.»

«Bene.»

Con la mano del braccio immobile fece alcuni movimenti goffi sullo schermo del cellulare per portarlo all'orecchio. Accentuò più che mai la sua consueta espressione di malumore quando fissò gli occhi in aria, aspettando che la persona dall'altra parte della linea rispondesse. Lanciò lo sguardo verso l'angolo, guardando il vuoto, senza dire nulla, e storse la bocca per la durata di un respiro. Stava ragionando. Lo faceva ogni volta che pensava seriamente a qualcosa.

Il disprezzo totale di Elenia per la presenza di Jacqueline nel suo ufficio, o chiunque fosse, la fece uscire, il che non le impedì di ascoltare le prime parole della conversazione.

«Buongiorno? Non molto...» La voce, grave, quasi rauca, si fece sommessa.

«Sono scivolata al centro commerciale ieri - quella cretina della donna delle pulizie non ha messo il cartello di avvertimento per il pavimento bagnato, o meglio, l'ha fatto, ma era rivolto verso il muro. Non si leggeva. Dovrebbe essere licenziata quell'imbecille, che mi ha fatto cadere e rimanere con il braccio...»

Maria Jacqueline strizzò gli occhi, fece un movimento di "no" molto veloce con la testa e si accigliò. "Scivolata? Al centro commerciale?" Rimase sorpresa nell'ascoltare parole molto diverse da quelle che aveva sentito un minuto prima.

"È caduta al centro commerciale o nel suo garage? Che strano... e venire a lavorare subito dopo aver lasciato il pronto soccorso è ancora più strano... che sarà mai successo?"

La vita che segue

Lavorare alla Solo Lettere era sempre più produttivo e gradevole quando Jacqueline poteva farlo senza essere interrotta costantemente o quando era sola. Come successe nella riunione del giorno precedente con il dottor Rodrigo Antonielli, senza la presenza di Elenia. L'incontro di lavoro fu un successo per lui, che rimase molto soddisfatto del progetto di pubblicazione per il suo libro, e una piacevole sorpresa per lei.

L'ultima cosa che Jacqueline avrebbe potuto immaginare in questo mondo era che il medico fosse un uomo tanto misterioso quanto interessante. Il suono della sua voce, calda, ancora le risuonava nelle orecchie, così come lei non aveva ancora dimenticato quel sorriso indecifrabile.

Divorziato, senza la minima intenzione di entrare seriamente in una nuova storia - perché tale stato gli aveva rivelato quel mondo affascinante dimenticato fino ad allora - il dottore con lo sguardo penetrante e magnetico avrebbe potuto indubbiamente intraprendere molte storie, se lo avesse voluto, oltre a quelle che voleva scrivere per il suo prossimo libro.

La giusta proporzione tra altezza e peso, con fisico forte e definito, unita ai suoi capelli lisci, castano chiaro, con i riflessi naturali che solo il sole gli avrebbe potuto fare, confermavano l'apparenza di un uomo di poco più di trentacinque anni a cui piace vivere pienamente la vita. La pelle abbronzata toglieva ogni dubbio, e la rilassatezza nel viso e nel suo aspetto, in generale, erano quelle di un uomo innamorato.

La cosa sembrava contagiosa, poiché anche Tiziano sembrava soffrire di questo stesso *male*, all'improvviso. Jackie voleva capire, o avere qualcuno che le spiegasse, se quello che il fidanzato sentiva era amore e perché. E, principalmente, per chi.

Non fu facile per Maria Jacqueline trovare la concentrazione mentale per iniziare a scrivere un *press release* per un progetto particolarmente speciale per lei. Il libro “Il gusto del mangiar sano” sarebbe presto entrato nel catalogo delle novità della Solo Lettere e lei stava dedicando gran parte della sua giornata all'organizzazione degli eventi e alla produzione di contenuti per la divulgazione nei media.

Mille pensieri le frullavano nella mente. Alcuni su Tiziano, altri sul lavoro e molti su Rodrigo, che insisteva a rimanere come una dolce nube proibita nei suoi ricordi, nonostante i suoi sforzi di non pensarlo. Ma lei non pensava. Sentiva.

Così, era necessario trovare molta più concentrazione per prendersi cura di tutto, anche perché l'ingegno creativo di Elenia, raggiungendo livelli molto diversi dai suoi, riusciva sempre a creare qualcosa che doveva essere fatto in quel momento, senza indugi. Jacqueline era abituata a questo ritmo frenetico, che non era molto diverso dal suo vissuto fuori dalla casa editrice. Per certe esigenze dell'ultimo minuto di Elenia, obiettivi per il suo esclusivo beneficio, doveva destreggiarsi un po' dappertutto. L'unica differenza era che, fino ad allora, nella sua vita c'era stata coerenza in tutto ciò che faceva.

La vibrazione del suo cellulare, appoggiato di fianco alla tastiera, deconcentrò il lavoro incessante di Jacqueline. Intuitivamente schiarì la voce per rispondere alla chiamata. Quando capì chi era, con un tono ben diverso dai suoi pensieri di quel momento, domandò impazientemente:

«Cos'è successo, questa volta?»

«Murillo non smetteva di parlare ieri, sembrava un dissennato... dovevi vederlo... voleva sfogarsi, ma ti confesso che non ne potevo più.»

«Murillo e i suoi problemi. Per caso lui sa che il suo migliore amico ha una fidanzata? E tu avresti potuto almeno mandarmi la buonanotte.»

«Dai, non ricominciare. Non volevo svegliarti. Era troppo tardi.»

«Hai immaginato che fosse tardi per me... ma avresti potuto inviarmi un messaggio comunque, perché se fosse stato tardi *anche* per me non ti avrei risposto perché già addormentata, giusto? Anzi, ti direi che avresti potuto anche chiamarmi, dato che è da una settimana che non ci vediamo. Murillo ti vede più di me, ultimamente.»

«Non è questo il punto. Lui sta passando un periodo difficile da quando si è lasciato con la Fe. Sta male, Maria Jacqueline. Devo stargli vicino.»

«Allora perché non ti credo? Che hai da dirmi, Tiz? Quando mi chiami Maria Jacqueline... la cosa è seria. Ti conosco molto bene. Che succede? Va tutto bene tra di noi?»

«Maria Jacqueline, è finita. È finita tra noi.»

«E non potevi aspettare fino a stasera o fino a quando ci saremmo incontrati, per dirmelo?» sbottò. «Dovevi proprio finire una relazione di tre anni in questo modo, Tiziano? Per telefono?»

«Non c'è una via di mezzo per queste cose. Non importa dove

o come lo dici. Tu lo comunichi e basta. Dobbiamo guardare in faccia la realtà.»

«Guardare la realtà? Tu vuoi guardare la realtà in faccia e non stai nemmeno guardando i miei occhi che, stando a quanto mi dicevi, ti hanno fatto innamorare di me...»

«È meglio che lo affrontiamo una volta per tutte, piuttosto che restare nel "non so come dirtelo perché voglio essere tuo amico per sempre, amen". Non sono così, lo sai.»

«Sì che lo so, Tiziano. Come so anche che tu sei un grande egoista, intorno al quale tutto il mondo deve girare.»

«È meglio finire qui e riattaccare.» Jacqueline lo sentì sbuffare. «Non abbiamo nient'altro da dirci. Per tua conoscenza - sto uscendo con una ragazza molto carina e ho deciso che le organizzerò una cenetta romantica, a lume di candela. Volevo che tu lo sapessi.»

«E cosa ti aspetti che io faccia, raccontandomi i dettagli che non voglio sapere? Vuoi che ti aiuti a preparare la "cenettina" romantica per la dolce coppietta innamorata?»

«Smettila, Maria Jacqueline.»

«Sì, Tiziano, che smetto. Non è questo che vuoi? Anzi, abbiamo già smesso. Tranquillo. Ma voglio che tu sappia che auguro, profondamente, che anche lei vomiti quando stia con te, e molto - non per la cena e non solo sulle tue scarpe da ginnastica. Che vomiti perché si penta di stare con uno come te. È questo che voglio. E volevo anch'io che tu lo sapessi.»

Il destino, mescolando le carte

Al risveglio, cercò la finestra con gli occhi e si rese conto che era già ben più chiaro delle altre mattine. Jacqueline guardò la sveglia e vide solo numeri blu lampeggianti sullo schermo. Il lunedì iniziò con pioggia forte e con la sveglia che non aveva suonato.

"Merda. È mancata la luce. Deve essere stato a causa della pioggia."

Le due settimane trascorse senza la presenza di Tiziano nella sua vita erano state difficili, senza dubbio, ma, in un certo senso, anche un sollievo. Furono difficili perché lei si era abituata alle sue stranezze e ai suoi difetti, considerandoli, ormai, il suo modo di essere, spesso insopportabile. «Ma la vita continua», come spesso diceva Veronica, la sua migliore amica, nonché consigliera. Lei, con i suoi ampi orizzonti, riusciva sempre a trovare la parola giusta per ogni occasione.

Ancora seduta sul letto, Jacqueline si toccò i capelli, tirandoli leggermente in tutta la loro lunghezza come per accarezzarsi.

"Non posso rimanere male per qualcuno che mi dice che andrà a preparare una cena a lume di candela per un'altra dopo che gli chiedo se va tutto bene tra di noi. Non merito questo. Questa volta proprio no. Mi prenderò cura di me stessa." «*Ho bisogno* di prendermi cura di me stessa», ripeté l'intento ad alta voce come per non dimenticare cosa dovesse fare veramente.

Se fosse successo qualche tempo fa, a questo punto lei starebbe ancora piangendo, ma non per Tiziano. Il rapporto era già finito, entrambi lo sapevano, e mantenere quella situazione stava diventando insostenibile. Era solo questione di tempo, finché entrambi non avessero deciso di proseguire le loro vite separatamente.

Tuttavia, ci sono modi e modi per tutto nella vita. Anche per troncare una relazione con dignità e soprattutto rispetto - per il tempo passato insieme, se non altro. Finire tutto per telefono le aveva fatto troppo male. Questo non lo riusciva ad accettare.

Quando una delle sue relazioni di coppia finiva, Jacqueline aveva solo la possibilità di aspettare che il dolore passasse, sparisse o si placasse. Sapeva come reagiva e quanto soffriva, quindi, sapeva anche che i prossimi mesi sarebbero stati difficili. Ma non questa volta. Non voleva trascorrere i prossimi "non-so-quanti-mesi" cercando di riprendersi dal dolore lasciato da una grande delusione. Giurò a se stessa che sarebbe stato diverso da allora in poi; doveva trovare un modo per accorciare la durata di questa sofferenza. E questa volta sembrava proprio che le si stesse presentando una soluzione diversa, senza che lei l'avesse cercata o immaginata.

Jacqueline guardò di nuovo i numeri intermittenti. Allontanò le coperte all'indietro e si alzò dal letto con un movimento preciso. Prese il cellulare lasciato per abitudine sul comodino e andò in cucina, per prepararsi un caffè, ascoltando il messaggio audio piuttosto lungo dell'amica Debora. Per lei, l'odore del caffè che inondava tutta la cucina era molto più stimolante della stessa caffeina. Aveva un disperato bisogno di quest'altra abitudine. Prese la tazzina bianca e il cellulare e ritornò in camera.

Con prontezza e mancanza di volontà di iniziare un'altra giornata e settimana, nel vuoto totale nella stessa proporzione, aprì l'armadio per cambiarsi. Si ricordò della riunione del giorno precedente e, senza rendersene conto, cominciò a cercare qualcosa che potesse essere allo stesso tempo femminile e professionale. Il desiderio di iniziare la giornata mostrò flebili e fragili segni di vita, che però non furono sufficienti per farle cambiare il flusso dei suoi pensieri. Guardò la finestra e costatò che aveva smesso di piovere.

Bevve un sorso del caffè ancora molto caldo. Col calore della tazzina in una delle mani, cliccò con l'altra il pulsante di chiamata e del vivavoce. Prima di controllare per un attimo se il campanellino dello schermo del cellulare si muoveva, confermando che stesse chiamando Elenia, bevve un altro sorso e tossì per mascherare la voce roca di appena sveglia. Doveva avvertire la responsabile che sarebbe arrivata più tardi.

«Non sono né la prima né l'ultima donna a essere stata lasciata dal ragazzo perché si è trovato un'altra. Ma questo doveva succedere proprio quando la primavera dà i suoi primi segni, con il sole che splende, i fiori che sbocciano e la gente che sorride? Ehm, Elenia, buongiorno. Oggi tardo qualche minuto perché ho una gomma a terra. Non ti preoccupare che recupero.»

«Abbiamo una riunione alle nove» avvertì la voce grave e autoritaria dall'altra parte, senza dar modo di repliche.

«Ma siamo solo io e te...»

«E con questo? La mia giornata è già piena e ho tantissimi appuntamenti subito dopo. Non posso aspettare, tanto meno ritardare. Sarò in ufficio per le nove in punto. Tra l'altro sto quasi arrivando; dobbiamo valutare alcune proposte.» E attaccò il telefono senza che Jacqueline potesse replicare. Nell'ascoltare quell'osservazione tirannica, Jackie si diresse in cucina, abbandonò la tazzina di caffè sul lavello e iniziò a cambiarsi in fretta, nonostante conoscesse fin troppo bene le "riunioni" di Elenia Giusti.

"Che palle! Giusto oggi che avrei voluto avere più tempo per prepararmi..."

Jacqueline non ebbe tempo nemmeno per passare la piastra sui capelli come faceva spesso. Meglio così. I suoi capelli mossi e sciolti si armonizzavano molto meglio con uno degli abbinamenti "jolly" del suo guardaroba: gonna e camicia. Funzionava sempre ed evitava inutili perdite di tempo.

Vide la scatola dei *mules* neri con tacco alto che avrebbe indossato per uscire con Tiziano nel fine settimana che si erano lasciati e pensò che sarebbero stati perfetti per quel giorno – niente ricordi del passato! Jacqueline ancora non lo sapeva, ma aveva fatto bene a comprarli. Ora avrebbero avuto un altro destino.

9:06

Considerando i pochi minuti che aveva avuto per prepararsi, cronometrati tra il risveglio, l'uscita di casa e arrivare in ufficio, ottenne un buon risultato: riuscì a timbrare il cartellino quasi senza ritardo finendo il trucco nello specchietto retrovisore della macchina, tra un semaforo e l'altro. Pensò anche di adottare questa soluzione per quei giorni in cui voleva rimanere un po' più a letto, ma era troppo perfezionista per fare qualcosa con poca dedizione.

Maria Jacqueline entrò nell'ufficio di Elenia, che la guardò dalla testa ai piedi con il suo ormai perenne malumore. La proprietaria abbassò gli occhi con disprezzo e pronunciò due frasi.

«Bene. Non è più necessario organizzare preventivi per la grafica. D'ora in poi sarà un reparto interno», e guardò il cellulare. Jacqueline non capì se ancora stesse controllando l'orario del suo arrivo o aspettando una chiamata.

«È un'ottima notizia! Stava diventando difficile lavorare con la grafica freelance con così tanti nuovi titoli. Il grafico lavorerà qui tutti i giorni?»

«Sì. *La*, non *Il* – è una donna. Il suo nome è Alice Borges. È stata indicata da Mafalda. Lei comincia domani, ma verrà nel pomeriggio per capire quale sarà il suo compito... lavorerà al libro del cuoco. Dalle tutto l'aiuto di cui ha bisogno e falle vedere il nostro catalogo.»

Elenia decise di segmentare la casa editrice internamente e iniziò con il reparto grafica, sotto la responsabilità di Jacqueline. Il suo sogno di avere un'azienda composta da sole donne stava prendendo forma.

Il cellulare della proprietaria squillò e lei trascorse i successivi quindici minuti parlando al telefono. In quella chiamata, e come generalmente faceva in presenza di Jacqueline, rimase per lunghi intervalli di tempo in silenzio, che sarebbe stato quasi assoluto se non fosse stato per quei monosillabi che articolava di tanto in tanto. A volte alternava piccole espressioni a respiri profondi, e le espressioni facciali comunicavano più delle parole che cercava di non pronunciare corrugando la fronte e unendo sempre di più le sopracciglia (*"eh...", "non ancora", "eh... questo"*).

Jacqueline si accorse che, dopo le telefonate più importanti, Elenia chiamava Mafalda per dirle quello che aveva appena sentito, detto o fatto in quella determinata circostanza. In quelle conversazioni traspariva l'evidente livello di stress in esse contenute e, in questi casi, spesso chiudeva la porta costantemente aperta del suo ufficio.

Qualche tempo dopo, Jackie arrivò persino a dire a Elenia che doveva avere un carattere davvero forte per sopportare tale tensione. Molto difficile, per chiunque, convivere quotidianamente con tanti problemi come faceva lei. Probabilmente Elenia era diversa, non solo perché sembrava attirare a sé i più svariati tipi di problemi come una calamita. Con il suo modo di essere e di agire creava una grande confusione con chiunque mantenesse un rapporto prolungato, dando origine a uno strano ciclo dove, lei creava, e lei stessa aumentava ancora di più la tensione e i problemi a causa della sua reattività. La vita normale non era per lei. E qui, per "normale", s'intende razionale.

Dopo aver riagganciato, la titolare della Solo Lettere prese dei piccoli pezzi di carta dove aveva scritto alcune note. Chiese all'assistente che parlasse di quegli argomenti, affermando che avrebbe voluto sentire la sua opinione. Maria Jacqueline aveva ragione; ancora una volta era in un'altra di quelle sue "riunioni".

Chiunque avesse ascoltato il modo con il quale comunicava l'importanza che dava alle riunioni indette da lei stessa avrebbe pensato trattarsi di un evento rganizzato per decidere il destino di tutta l'umanità. In realtà era una questione di numeri - quelli che l'editore incessantemente inseguiva, senza perdonare né tollerare ritardi o errori, perché bisognava produrre sempre di più pur di ottenerli.

Jacqueline perdeva ore presenziando Elenia che parlava al telefono con altre persone, in conversazioni diametralmente opposte agli obiettivi per i quali si erano riunite in quel momento, non del tutto professionali ma sempre riferite, in un modo o nell'altro, ai problemi della casa editrice che sembrava essere in piena espansione.

Per questo le riunioni erano sempre molto scoccianti - lei tornava nel suo ufficio senza idee interessanti da sviluppare, il che la demotivava veramente. Non solo perché doveva recuperare tutto il lavoro, che ovviamente non aveva avuto modo di fare in quel lasso di tempo, ma perché, più che ascoltare e dibattere idee e progetti, lei doveva parlare, spiegando tutto a Elenia.

Così Elenia Giusti trascorreva le sue giornate, entrando e uscendo da *riunioni* - termine discutibile, visto il modo con cui svolgeva questi incontri, con Jacqueline ogni volta più irritata perché non riusciva a *fare il suo lavoro*.

«Bene. Allora hai capito quel che devi fare. Io esco, e probabilmente non torno più, oggi. Se hai bisogno invia un messaggio. Se è importante, chiama.»

«Non ti preoccupare. Le mostrerò i progetti e le darò tutte le informazioni sul libro del *dottore*» disse, scandendo il termine. «Ma esci a maniche lunghe? Non senti caldo con questo sole meraviglioso? Oggi è una bellissima giornata...»

«No. Sto bene.» Elenia prese la borsa e uscì, lasciando Jacqueline ancora seduta al tavolo.

La fiducia della responsabile, che praticamente aveva lasciato la Solo Lettere nelle sue mani, la riempiva di orgoglio. Jacqueline mai avrebbe pensato di arrivare così in alto e in così poco tempo, nonostante questo avesse implicato uno smodato aumento di responsabilità.

Il suo lavoro già sarebbe stato sufficientemente stressante se lei fosse stata destinata soltanto a leggere i manoscritti che, di per sé, avrebbe dovuto essere l'occupazione di un'unica persona. Invece, gli incarichi che Elenia le commissionava ogni giorno sarebbero stati svolti da almeno due, o addirittura tre persone, presso una casa editrice qualsiasi.

Da giornalista, Jacqueline si occupava anche dell'ufficio stampa, un settore importantissimo per qualsiasi azienda, ovviamente. Però, curare l'immagine della casa editrice o di un autore era un compito che richiedeva molto tempo, un dettaglio su cui Elenia aveva sempre molto da ridire - il tempo lei lo conteggiava in centesimi, non in minuti.

Era Jacqueline a dover leggere, scrivere, controllare, pagare, ricevere, valutare, ricercare, inviare e persino firmare. E ora doveva pure insegnare. Non poche furono le volte che Elenia le affidò mansioni e responsabilità che solo lei stessa, come editore, oltre che proprietaria, doveva svolgere. L'organizzazione della Solo Lettere stava completamente nelle sue mani. Praticamente era come se fosse sua.

Malgrado ciò, quello che lei non aveva ben compreso ancora era che Elenia le delegava le proprie competenze non per indecisione, ma per incapacità. Siccome non era in grado di esercitare il proprio incarico, la titolare delegava e, dato che non sapeva rimanere sola con se stessa, né per lavorare, organizzava "riunioni".

Senza la minima conoscenza del settore, si affidava solo al lavoro, al buon senso e alle intuizioni della sua assistente, oltre che alle realizzazioni del marito che, stando a quello che si diceva, aveva molta fortuna con i clienti e i negozi. Contava pure sui consigli di Mafalda, che Jacqueline non conosceva né riusciva a capire chi fosse veramente. Certe volte sembrava soltanto un'amica, ma c'era un qualcosa nell'intimità con cui parlavano che smentiva questo suo sospetto.

"Svegliarsi in ritardo rovina tutta la giornata" - un precetto in cui aveva sempre creduto, ma che sarebbe stato completamente ribaltato e cancellato nel tardo pomeriggio.

"Ho corso tanto per questa riunione *importantissima*... per comunicarmi che la grafica ora sarà interna bastava una semplice mail! Avrebbe potuto anche dirmelo stamattina al telefono, quando l'ho chiamata. Beh, almeno è partita. Starò in pace e avrò un po' di tempo per fare le mie cose..."

Jacqueline non sapeva da dove cominciare.

Tra le sue innumerevoli attività quotidiane doveva inserirne un'altra quel pomeriggio: prendersi cura di Alice e dei suoi progetti, il che avrebbe significato continuare ad assumersi la responsabilità della grafica, con un problema in più.

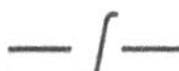

«...e questa sarà la nostra prossima pubblicazione. Quest'opera si è differenziata già nella prima valutazione degli originali. Ho dovuto insistere molto perché fosse pubblicata in quanto, all'inizio, Elenia era contraria all'idea. Ora sarà un libro ed è il tuo primo lavoro. Abbi molta cura, Alice. Sarà un libro molto importante, ne sono sicura.» Il sorriso le tornò sul viso. «Mi sa che ho parlato più del dovuto... vai a riposarti, perché domani avremo una giornata di fuoco. In realtà, sappi che ogni giorno qui è così. Se hai bisogno di aiuto, chiedi pure e... ah, lasciami il tuo numero di cellulare, giusto per garanzia.»

Alice la salutò con un secco "grazie" e Jacqueline ebbe tempo solo per tirare su il colletto della camicia quando sentì dei passi nel corridoio che si avvicinavano sempre di più.

Lanciò lo sguardo all'angolo sinistro dello schermo del computer che indicava 18:02 a destra dello schermo. Riuscì appena a sedersi dritta sulla sua sedia e dare una sistematina ai capelli con entrambe le mani prima di trovarsi davanti a quel viso che le piaceva vedere e rivedere.

«Sono arrivato troppo presto? Se vuole posso aspettare...»

«Assolutamente no. La sua puntualità sarà ricompensata proprio adesso. Venga!»

Spontaneamente

Quel giorno non era iniziato nei migliori dei modi, ma i primi momenti della riunione, nonostante l'orario, avevano subito risollevato l'umore di Jackie, cancellando per un attimo ciò che era sbagliato e non solo in quella giornata.

Quella presenza la incantava e in qualche modo la rassicurava. Bastava che lo guardasse per far sì che Jacqueline sentisse che non c'erano problemi o difficoltà al mondo che lei non sarebbe riuscita a superare.

«Allora, dottor Antonielli, possiamo inserire queste informazioni sulla quarta di copertina. Sarebbe interessante anche che lei scrivesse un testo per la prima o seconda sovraccoperta e, quando avremo questo materiale, avremo tutto in necessario per fare l'impaginazione del suo libro e dare inizio alla pubblicazione.»

Jacqueline si alzò, passandosi la mano tra i capelli. Mosse leggermente la testa e guardò il dottore che la stava osservando con sguardo calmo e profondo.

Per reazione anche Rodrigo si alzò. Prese con fermezza la cravatta per il nodo, scuotendolo leggermente, e la stese lentamente con le dita tese e unite, senza togliere gli occhi da lei.

Jackie notò il movimento della sua bella mano e abbassò la testa per cercare qualcosa sulla sua scrivania, come se non avesse notato il suo gesto. Si sforzò per dare continuità all'ultima parola pronunciata cercando di ritrovare la concentrazione e la professionalità necessarie per la situazione.

«A breve le invierò per mail il suo libro impaginato per il controllo finale prima della stampa. Questo è il mio biglietto da visita.» Distolse lo sguardo rimasto involontariamente sulle labbra carnose e rotonde della sua bocca ben disegnata. «Stiamo lavorando per il suo libro e se lei ha qualche dubbio mi chiami pure. Quando vuole...»

Si pentì di averlo detto, cambiando atteggiamento. Guardò Rodrigo in modo serio e composto. Al contrario, gli occhi del dottore sembravano sorridere. Il suo sguardo le provocava un turbinio di emozioni e dovette sforzarsi un'altra volta per rimanere in silenzio. Il medico colse il suo disagio e proseguì:

«Sono sicuro che faremo un ottimo lavoro insieme, ma ora devo andare. Mi sento in colpa per averla trattenuta fino a così tardi in ufficio» disse con semplicità.

«Non si preoccupi, accade spesso. È stato un piacere aiutarla.»

«Il suo ragazzo deve essere molto paziente, dato che non gli importa aspettarla. È il piacere della sua compagnia, che premia ogni attesa», precisò inaspettatamente.

«Grazie, dottor Antonielli, ma non è proprio così.» Il sorriso svanì dal suo viso. «A lui non dispiace più aspettarmi perché ora aspetta un'altra», concluse, lasciando cadere lo sguardo sulle proprie mani.

«Mi scusi Jacqueline, non volevo...»

«Non si preoccupi. È solo che è recente, ma passerà.»

«Ma certo che passerà... anche perché lei non rimarrà sola per molto. Ne sono convinto.»

«Ora come ora non ci penso nemmeno.»

«Lo so come sono queste cose - sono divorziato. Capisco perfettamente cosa intendi, Jacqueline, ehm, mi scusi, *Signora* Jacqueline.»

«Mi chiami Jackie. Tutti mi chiamano così.»

«Okay, *Jackie*.» Il medico ripeté il suo nome inclinando un po' la testa e sollevando leggermente lo sguardo. «Però dammi del tu!» disse con un mezzo sorriso contraendo una sola parte della bocca.

Le tese la mano per salutarla e Jacqueline sentì il calore di quel tocco che le riscaldò tutto il corpo. Non si era nemmeno accorta di aver fatto un piccolo passo per avvicinarsi ancora di più al dottore. Disse una frase qualsiasi; voleva rimanergli accanto, continuare a parlargli.

«Chiama se hai bisogno, quando vuoi» ripeté, e questa volta non si preoccupò di nascondere ciò che provava. «Ti auguro buon viaggio! Aspetto tue notizie.»

Qualcosa di diverso accadde in quella che doveva essere solo una riunione di lavoro. Qualcosa cambiò quando il dottore la salutò, stringendole la mano mentre prolungava il contatto con lo sguardo.

Jacqueline ritornò al suo tavolo per raccogliere le sue cose prima di prendere la borsa per andare via. Solo allora si ricordò di aver deciso di prendersi cura di se stessa, dimenticandosi di prendersi cura dell'amore che non merita attenzione o, peggio ancora, cercare un amore a qualsiasi prezzo.

La vita è davvero strana. Più sesideriamo che si avveri il nostro sogno, più lo allontaniamo. E quando, con energia diversa, smettiamo di volerlo insistentemente, esso si realizza. Spontaneamente.

E le pagine acquisiscono anima in un libro

– Jacqueline? Buon pomeriggio. Rodrigo Antonielli.»

Lei trasalì. Quella voce non aveva bisogno di identificazione.

«Ciao, dottor Rodrigo! Come sta?»

«Molto bene, grazie. Ma sono *Rodrigo*, Jackie.»

«Ah, giusto... è che sono in riunione e per un momento ho dimenticato del nostro accordo.»

«Ti chiamo più tardi, se preferisci.»

«Come vuoi, ma non è necessario. Dammi un minuto. Vado nel mio ufficio e così possiamo parlare con tranquillità... eccomi», sussurrò, sedendosi sulla scrivania. «Dimmi - cosa ne pensi del tuo libro impaginato?»

«Ottimo lavoro! Sono stato in silenzio in queste settimane perché ho avuto molti interventi chirurgici all'ospedale Sirio-Libanese. Questo mese è stato piuttosto complicato.»

«Non sapevo fossi anche un chirurgo.»

«Sì, chirurgo generale. Vengo da alcuni anni di esperienza in pronto soccorso.»

«Io non riuscirei nemmeno a pensare di lavorare in un pronto soccorso...»

«Ci sono casi davvero complicati. Ma la mia voglia di aiutare le persone mi dà il distacco necessario per non coinvolgermi emotivamente. È tutta una questione di prospettiva, come in ogni cosa nella vita, d'altronde. Ma sei in riunione, non voglio disturbarti.»

«No, no... possiamo parlare. Ora sono nel mio ufficio e tu non disturbi mai. Sono contenta che il libro ti piaccia! Adesso dobbiamo pensare alla copertina. Se hai una foto inerente, o che ti piace in particolare, mandamela e la rinvierò per la valutazione del grafico e dell'art director. Dopo decideremo insieme.»

«Lo farò oggi stesso perché domani torno a Campinas e dopo sarà più difficile.»

«Perfetto! Anch'io ho qualche idea, ma preferisco aspettare le tue. Vorrei vederle prima.»

«Mi stai dando libertà completa di pubblicare il mio libro così come l'ho in mente. In questo modo sarà come lo vorrei. E questo è bene.»

«I progetti variano molto, Rodrigo. In realtà, tutto dipende da ogni autore. Non mi piace seguire i cliché. Se lo scrittore riesce a realizzare il suo progetto, mi piace lasciarlo libero di esprimersi come vuole. Io interferisco professionalmente solo quando vedo che si discosta dalla linea proposta per la sua opera.»

«È più difficile lavorare in questo modo. È necessaria molta dedizione in più.»

«È vero. Ma credo che ogni libro abbia già una sua vita propria prima ancora di essere scritto. Per questo deve nascere da solo, o quasi... sto parlando di un libro vero, okay? Non di copie da mettere in vendita semplicemente, è ben diverso. Ogni libro ha una sua personalità ed è importante non soffocarla o volerla modificare. È necessario rispettarla, così come facciamo con le persone. Questo è il mio lavoro. Aiuto a creare libri, facendoli nascere, altrimenti starei solo stampando pagine.»

«Il tuo lavoro è molto bello, Jacqueline.»

«Anche il tuo lo è, Rodrigo! Allora rimaniamo così - attendo la mail con la tua idea di copertina per "*Il gusto del mangiar sano*".»

«D'accordo. A breve riceverai il materiale.»

«Benissimo. Allora lo aspetto.»

—ʃ—

Un altro giorno che iniziò con una riunione, prolungata fino al pomeriggio a causa di Elenia. La proprietaria collezionò solo chiamate quella mattinata, sebbene impedisse alla sua assistente tanto di tornare nel suo ufficio quanto di svolgere il proprio lavoro. Ancora una volta Jacqueline dovette lavorare tra una telefonata e l'altra che l'editore riceveva o faceva.

In quel tempo morto lei prese mentalmente alcune decisioni e riassunse in brevi osservazioni cosa avrebbe fatto dopo. Il disprezzo di Elenia per il lavoro di chiunque era irritante. Tuttavia, c'era una sola persona per la quale Elenia si stava dimostrando più paziente negli ultimi tempi.

Alice. Tutto ciò che diceva era ascoltato quasi con entusiasmo, anche se, per svariate volte, la sua opinione non aveva alcun senso. Stranamente finì anche per far cambiare opinione alla proprietaria della Solo Lettere in alcune occasioni. Poche, è vero. Ma cambiò. Fin dai primi giorni, la responsabile della grafica divenne una sorta di "intoccabile" all'interno della casa editrice. Jacqueline non sapeva nulla su di lei, eccetto che era stata assunta su richiesta di Mafalda - e in quello Elenia fu abbastanza esplicita.

Nonostante questo, era Jacqueline a dover usare pazienza. Accettava tutto senza battere ciglia o senza opporsi perché, in fin dei conti, la stressante condizione di lavoro giovava molto a suo favore. Era un grande apprendistato, giacché aveva l'opportunità di avere tutta una casa editrice nelle sue mani. Non voleva sprecare il beneficio della situazione di imparare tutto, e in fretta. La sua tenacia nel tollerare e lasciar passar certe cose si basava sul suo modo di ragionare: fare quel che non si vuole pur di avere quel che desidera per il futuro, allo stesso modo di come aveva fatto quando decise di finire il corso di Giornalismo qualche anno prima.

Era da poco tornata nel suo ufficio per risolvere alcune pendenze importanti - e se avesse avuto la fortuna di non essere richiamata ancora una volta da Elenia, per iniziare una nuova commissione *urgente*, come tutte le altre, sarebbe riuscita anche a finirle. Desiderò con tutte le sue forze che fosse mezzogiorno per tante di quelle cose che ancora doveva fare, non le sei e mezzo come vide sull'orologio del suo computer.

Udì dei passi che le erano familiari nel corridoio. Riconobbe la cadenza e la forza di quella camminata che fecero sì che i suoi problemi e disagi scomparissero come per magia. Di nuovo.

«Scusami se sono arrivato senza avvertiti, Jacqueline...»

Quella visita inaspettata fece brillare gli occhi dell'assistente. Le sue labbra si aprirono in un sorriso sincero.

«Stavo per inviare alcune foto per la copertina del libro per mail ma, poiché il file era molto pesante, ho deciso di passare.»

«Rodrigo, che sorpresa! Hai fatto molto bene. Vieni!»

Jacqueline non riuscì a nascondere la sua gioia nel rivederlo, e il tono professionale che cercava di mantenere negli incontri con Rodrigo alla Solo Lettere fu completamente dimenticato.

«Siamo già fuori orario, ma ho deciso di rischiare perché ricordo che una volta mi dicesti che raramente esci presto dal lavoro. Faccio presto - oggi non ti lascio andar via tardi... promesso! Anche perché voglio solo consegnarti questa chiavetta, dove ho memorizzato alcune immagini.» E appoggiò il dispositivo sulla sua scrivania.

«Ti sei ricordato molto bene, è proprio così. È quasi raro per me uscire in orario. Ma voglio vedere le tue foto. Sono curiosa...»

Quel che doveva essere rapido alla fine si trasformò in un incontro sotto forma di *brainstorming*. Gli argomenti arrivavano naturalmente tra opinioni, suggerimenti e idee da entrambi per la copertina che meglio potesse rappresentare il libro, tra commenti veloci su dettagli della vita o della personalità di uno e dell'altra. Davvero inevitabile parlare di tutto con la conversazione che fluiva in quella maniera così naturale. La scelta della copertina, con testo e immagine, arrivò molto più di un'ora dopo.

«Sono d'accordo con te. Questa è perfetta. Quindi, questo è il volto del tuo primo libro!»

«Che bello, Jacqueline! Mi piace molto questa foto e devo confessarti che non avevo alcuna intenzione di rinunciarci...» Il sorriso che gli arrivò sul viso era suo complice, dando ancora più luce ai suoi occhi.

«Per me è sempre un'emozione quando un manoscritto prende vita e personalità in una copertina. D'ora in poi sarà tutto più semplice e in pochi giorni ti chiamerò per approvare il layout definitivo.»

«Sono molto soddisfatto che la Solo Lettere abbia deciso di pubblicare il mio primo libro, ma sono molto più contento che tu lo stia preparando. Sento tutto il tuo affetto per la mia opera.»

«È che amo i libri. Dicono che non siamo noi a sceglierli ma, al contrario, siano loro che ci scelgono.»

«Anch'io lo credo.»

«Per me è una certezza. Sai, io leggo molto e finisco sempre per leggere quello che, in qualche modo, mi aiuterà, portando qualcosa di buono per quel periodo della mia vita. È incredibile! A volte mi porta la risposta che stavo cercando o un'idea in una sola parola o un esempio. Mi è capitato molte volte... così come è raro per me che non riesca a finire un libro. Quando inizio a leggere di solito non mi fermo. Arrivo fino alla fine. Ma con alcuni non riesco ad andare oltre le prime pagine. Quindi, quando questo accade, non insisto. Lo rimetto sul mio scaffale e lo lascio lì. Qualche tempo dopo, addirittura anni, è successo anche questo, per qualche motivo riprendo quello stesso libro e ricomincio a leggerlo - è quando trovo il messaggio di cui avevo bisogno, quando imparo o ottengo la risposta che cercavo, *senza volerlo*.»

«Sei molto sensibile, Jacqueline. Il tempo passa velocemente al tuo fianco. A proposito, guarda che ore sono! È troppo tardi, di nuovo... non c'è nulla da fare. Ti faccio ritardare sempre...»

«Non è un ritardo, Rodrigo... Non esco mai in orario» - e il sorriso apparso, guardando negli occhi del medico, fu anch'esso il suo complice.

«Ho bisogno di scusarmi con te e allo stesso tempo vorrei anche festeggiare. Quindi, sia per scusarmi per tutti i ritardi, che per festeggiare, perché il mio libro è praticamente pronto, potremmo uscire per bere qualcosa insieme se non hai impegni, ovviamente. Oltretutto, sono anche un buon ascoltatore. Potrebbe essere un'occasione anche per parlare di più, se ti va.»

"Dottor Rodrigo mi sta chiedendo di uscire? Medico, divorziato e bello in questo modo?" Il pensiero di Jacqueline volò per un secondo e lei semplicemente non credeva a quello che stava ascoltando - lui, gentile, educato, un gentiluomo - tutto l'opposto di quello che era stato Tiziano nell'ultimo periodo. Avrebbe voluto urlare, ma non poteva. Sebbene l'espressione "ultimo periodo" fosse più vicino a "ultimi due anni e undici mesi" del loro rapporto di tre anni. Avrebbe voluto ballare, ma non lo fece. Avrebbe voluto abbracciarlo, ma si trattenne. In fin dei conti era lì, davanti a lui, pur sempre come assistente dell'editore. All'improvviso, la gioia di quel momento fu raggelata da un pensiero negativo.

"Hummm, miscela afrodisiaca, ma deve esserci qualcosa di sbagliato..."

Perché le donne pensano sempre che ci sia qualcosa di sbagliato quando si trovano di fronte a una situazione che le rende felici?

Jacqueline batté le palpebre. I suoi pensieri andavano e venivano alla velocità della luce.

Una volta Tiziano disse che lei aveva un chiacchiericcio mentale che non dava pace né a se stessa né tanto meno a lui. Dopo averlo ripetuto molte volte, cominciò a dirle che probabilmente soffriva di un problema, all'epoca da lui definito ***overthinking***. In una discussione ripeté lo stesso termine in tono accusatorio, ma in italiano - sindrome del pensiero accelerato. Quando sentì il commento, allora, pensò che lui stesse, come sempre, dicendone una delle sue.

Poiché quella sensazione di essere stata insultata dal proprio ragazzo non passava, andò a cercare il termine su Internet e finì per scoprire che il problema esisteva davvero. Nel suo caso non era una sindrome, ovviamente, ma Jacqueline in effetti ragionava molto, e su questo dovette ammettere che Tiziano aveva ragione. Decise che era meglio non pensare a tutto ciò in quel momento.

Anche in quella situazione la sua mente stava chiacchierando molto, producendo pensieri piuttosto scomodi. Smise di pensare solo ai suoi pensieri e tornò alla sua conversazione con il medico provocante. Ad ogni modo, ci sono momenti nella vita in cui una donna decide di farsi del male da sola. E quella era una di queste.

«Mi piacerebbe, Rodrigo... vorrei davvero dimenticare tutto questo infinito lavoro per un po'. Ma... cosa penserà la tua ragazza?»

Il dialogo all'improvviso divenne molto più interessante per Jacqueline. Ora non poteva pensare a nulla, doveva solo ascoltare quello che lui stava per dire. Giusto un nanosecondo di attesa...

«Anche lei non pensa a niente.»

"Come non pensa a niente? Non ci pensa più? Risposta un po' ambigua, ma potrebbe anche essere positiva", considerò. "Allora il campo avversario è libero? Beh... dopo tutti i precedenti fallimenti..." no! Stava ragionando troppo, di nuovo! E non poteva lasciarsi condizionare dalle sofferenze passate a causa dagli uomini sbagliati che aveva incontrato e amato. Non poteva infliggersi questa punizione. Non era giusto per se stessa.

Maria Jacqueline non era davanti a qualcuno che l'aveva fatta soffrire. Lei, Rodrigo, ancora non lo conosceva. Lui era una persona nuova nella sua vita, professionale o meno. Era *lei* che gli stava mettendo davanti vecchie sofferenze o risentimenti. Non era giusto per nessuno; né per lui, tanto meno per lei stessa. Doveva stare attenta a non addossargli nulla. Quell'uomo non faceva parte del suo passato, era solo il suo presente. E potrebbe anche essere parte del suo futuro. Quindi, non poteva inconsciamente trasferire sentimenti negativi come frustrazioni, tristezze e incertezze a lui o ad altri. Jacqueline non aveva ancora imparato a superare questi turbamenti.

Era meglio aprirsi perché aveva deciso di prendersi cura di se stessa, e per questo preferì essere diretta. Era il momento delle domande scomode che sarebbe stato decisivo. Il rischio di delusione era grosso, ma era necessario. Il secondo che aveva a disposizione per rimanere in silenzio era finito. Rodrigo la guardava - incantato, a dire il vero.

«Ehhh... qualcuno ti aspetta a casa?»

«Solo il mio cane...»

"Solo il cane?! Perfetto! È ora di agire!"

«Allora credo che lui possa rimanere solo per un altro pochetto... dammi un minuto. Spengo il computer, chiudo tutto e usciamo insieme. È un attimo.»

«Non ho alcuna fretta. Posso aspettarti per tutto il tempo di cui hai bisogno», e il sorriso che Rodrigo comunicò a Jacqueline le fece sentire meno sola.

Bingo!

—∫—

Appena una ripassata al rossetto, che non usciva dalla borsa, prima di aver inserito la chiave nel meccanismo di accensione della macchina. Benedetto specchio retrovisore; riesce, comunque, a fare miracoli con il tempo e le necessità. Chiuse lo sportello per seguire quella del dottore, come concordato.

Lui trovò un posto libero, si fermò e mise il braccio fuori dal finestrino, indicandolo affinché lei parcheggiasse, e accelerò. Jacqueline si distrasse, facendo alcune manovre. Girò la chiave per spegnere il motore. Mentre aspettava il finestrino elettrico alzarsi vide il dottore avvicinarsi dal vetro della sua auto.

Rodrigo scelse un pub dall'atmosfera riservata. Il locale era molto accogliente e Jacqueline vide gente bella e allegra seduta ai tavoli, subito all'ingresso. Tuttavia, la sua attenzione si concentrò totalmente sulla voce forte della cantante, che la emozionò fortemente per un secondo; avvolgeva tutto il locale in una cornice accogliente. Il soul dal vivo con luce soffusa conferiva intimità. Il sax silenziò la chitarra, dopo averlo ascoltato con rispetto, con una prolungata risposta armoniosa.

Rodrigo si fermò davanti a una sedia vuota e un secondo dopo si sedettero. Jacqueline non poteva pensare a un posto o compagnia migliore in quel momento.

«Non conoscevo questo pub. Vieni sempre qui?» chiese, guardandosi intorno con un leggero sorriso, principalmente negli occhi.

«Vengo qua quando voglio ascoltare buona musica. Suonano davvero bene.»

Il cameriere si avvicinò al tavolo e porse una cartellina di cuoio marrone a Jacqueline e un'altra a Rodrigo, prima di allontanarsi.

Le ore passarono velocemente. La buona energia che c'era tra loro volgeva a un interesse ancora maggiore per entrambi, e la conversazione continuava senza momenti di silenzio imbarazzanti. L'impressione era che si conoscessero da anni. Non smisero di parlare nemmeno quando decisero di andar via. Rimasero a parlare nel parcheggio, nonostante il freddo della notte.

«Si sta facendo tardi. Devo alzarmi presto domani e tu devi ancora fare alcune ore di strada.»

Rodrigo smise di parlare per un secondo. Guardò Jacqueline.

«Rimango a San Paolo in questi giorni. Possiamo vederci di nuovo...»

Lasciò lo sguardo posato negli occhi di quella bella donna, ingenuamente seducente. Prese la sua mano, le avvicinò il suo corpo e la sua bocca cercò le labbra di Jacqueline.

La paura è davvero una cattiva compagnia. Pone ostacoli dove prima non esistevano e, per giunta, crea l'illusione di star facendo la miglior cosa per l'autoprotezione. La stessa paura di farsi male di nuovo si sovrappose e Jacqueline fece un passo indietro di fronte a ciò che più desiderava in quel momento. Mise delicatamente la sua mano sulla bocca di Rodrigo, come a fargli una carezza al viso.

«Lasciamo le cose come stanno, Rodrigo. Se deve succedere, succederà, naturalmente.»

«Ancora non sei pronta, non è vero?»

«Ancora no...»

«Ti rispetto e ti capisco più di chiunque altro, credimi, ma non pensare di aver bisogno di riprenderti perché stai solo confondendo i sentimenti. Sei pronta per una nuova relazione, solo che non hai ancora dimenticato il dolore e la delusione che ti hanno causato. Per questo dici che hai bisogno di riprenderti - in realtà stai soltanto perdendo tempo. Ricordati una cosa: non lasciare mai che la tristezza per quello che ti hanno fatto condizioni il tuo presente e tanto meno il tuo futuro.»

«È vero, hai ragione, ho fatto proprio questo. Ho passato un po' di tempo senza volere una relazione e mi ritrovo ad agire allo stesso modo, adesso. E non è giusto. Non posso privarmi della felicità solo perché ho già sofferto.»

«È istintivo, Jackie. Cerchiamo solo di proteggerci. Ma tutti noi soffriamo, in un modo o nell'altro. Poiché questo non è un ragionamento cosciente, le persone si nascondono in se stesse e smettono di vivere, lasciandosi sfuggire quello che potrebbe persino essere la felicità. Non farlo! Non vuoi stare con me, okay, ma non è di questo che stiamo parlando. Non farlo con te stessa, perché non c'è nessuna autodifesa in questo. È soltanto un meccanismo che la mente umana crea senza che ci rendiamo conto della rete di autosabotaggio che stiamo costruendo. E per questo te lo ripeto: mi piacerebbe vederti di nuovo. Sto bene con te.»

«Anch'io sto bene con te...»

«Hai il mio numero, Jacqueline. Chiamami, se vuoi... caspita! Solo ora mi sono accorto quanto è freddo! Andiamo via?»

Un ricordo

Quando arrivò, quella mattina, si sedette sulla sedia, adagiandosi per stare confortevolmente davanti alla sua scrivania con la gioia di chi ha tutto un mondo nuovo da vivere.

La poca voglia di lavorare dei giorni precedenti non era più che una rimembranza. Nemmeno ricordava più quella sensazione di sconforto. Per lei, adesso, c'era solo il presente. E il futuro.

Al contrario, l'espressione sul viso di Elenia, dal perenne malumore passò ad essere decisamente scontrosa, tanto che, di per sé, portava via la allegria e l'entusiasmo di chiunque le restasse accanto. Non aveva bisogno di molto; bastava solo guardala.

Jacqueline voleva contenere il suo entusiasmo al lavoro e non dovette nemmeno sforzarsi per farlo mentre si dirigeva all'ufficio dell'editore per parlarle. Ad ogni modo, fece un respiro profondo. Sebbene credesse trattarsi di un argomento fondamentale per la Solo Lettere, sapeva anche quanto poteva essere controverso. Si accigliò, cercando di rabbuiarsi in volto, prima di alzare la mano per dare tre colpetti con le nocche delle dita sulla porta chiusa.

«Eeentra.»

Elenia stava scrivendo sulla sottilissima tastiera del suo computer bianco Apple che, di primo acchito, sembrava essere grande quasi quanto tutta la sua scrivania. Per non parlare degli accessori che neanche Jackie, abbastanza esperta dell'argomento, immaginava a cosa servissero. Tutti molto strani. Principalmente uno di essi, una pallina con un puntino bianco sopra, inusuale e sconosciuto del tutto, che richiamò la sua attenzione in modo particolare.

Quella scrivania non era come la sua, piena di buste, manoscritti, penne, quaderni, blocchetti di annotazioni, post-it multi colorati e... libri! Quella era molto in ordine per essere un posto di lavoro. Non trasmetteva alcun tipo di sentimento. Non accoglieva nulla oltre l'enorme monitor piatto con tastiera, senza fili, il che rendeva quella scrivania ancora più fredda. Sembrava quasi un modo per evitare qualsiasi contatto con la realtà. Jacqueline lasciò lo sguardo per qualche istante su quella macchina, da dove partivano le comunicazioni e in prevalenza le proibizioni che lei e le altre dipendenti dovevano rigorosamente seguire alla Solo Lettere.

«C'è una novità di mercato, Elenia. La Biennale sta già accettando le domande d'iscrizione.»

Elenia smise di scrivere e rivolse a Maria Jacqueline uno sguardo torvo al di sopra del monitor, ancora con i polsi poggiati sulla tastiera.

«Quanto costa l'iscrizione?» fu la sua unica domanda. Mantenendo la sua espressione di totale indifferenza, continuò a fissare lo schermo. Tamburellò sul tavolo velocemente.

«600 Reais[1]. Un investimento molto contenuto rispetto al ritorno, non credi?» rispose con entusiasmo. «È una grande opportunità che non possiamo sprecare. Per la Solo Lettere è fondamentale partecipare a una fiera di libri così importante per rinforzare il nome della casa editrice nel mercato...»

Quasi elettrizzata, Jacqueline già immaginava come sarebbe potuta essere la prima fiera della casa editrice. Nella sua mente

1. R$600,00 – moneta brasiliana

germogliavano così tante idee da comunicare ad Elenia che di sicuro le prossime riunioni sarebbero state molto produttive. Finalmente! Conoscendo bene la fiera e la sua importanza, intendeva sfruttare e trasferire tutta la sua esperienza da lettrice accanita, la quale è sempre stata, alla sua funzione di assistente editoriale.

Completamente rapita da tutto questo fervore, il "non parteciperemo" in tono perentorio di Elenia la riportò alla realtà. Le idee di Jacqueline svanirono all'instante e lei sentì scomparire persino le sue emozioni. Si sentì fredda, distaccata come quella scrivania, e guardò la responsabile che scrutava il monitor senza alcuna traccia di emozione.

«Ma Elenia... pensa alle ricadute che la casa editrice può avere partecipando alla Biennale! Sarebbero enormi!» Il suo viso contratto non nascondeva la sua delusione, e nemmeno quello della titolare, ancora impassibile, totalmente concentrato sullo schermo del monitor.

«Potevamo anticipare "*Il gusto del mangiar sano*" e lanciarlo poco prima per arricchire il catalogo e l'offerta per quella data.»

Visibilmente irritata, continuò a digitare sulla tastiera senza preoccuparsi di quello che stava ascoltando. L'impazienza della proprietaria era visibile.

«La tua casa editrice non ha seicento *Reais* da spendere per l'iscrizione a una fiera» replicò quando si accorse che Jacqueline avrebbe continuato a parlare.

«Elenia... non è una fiera. È la Biennale!»

Smise di scrivere per guardare il telefono che iniziò a vibrare vicino al suo sproporzionato computer bianco. Con un leggero ondeggiare delle sue dita corte rifiutò la chiamata con le sopracciglia aggrottate. Scrutava lo schermo e ogni tanto digitava qualche tasto.

«Non insistere.» Contorse la bocca per la durata di un respiro. Lanciò lo sguardo verso l'angolo e rimase a guardare il nulla per qualche secondo.

Elenia non si scompose minimamente - né con le parole della

sua assistente, né con il suo entusiasmo o con la sua presenza. Anzi. Continuò a digitare e sembrava addirittura che non la ascoltasse. Non si perturbò nemmeno quando Jacqueline le disse «ti garantisco che perderai una grande opportunità.» Guardava la tastiera e il monitor in modo alternato.

Il suo gelido comportamento sembrò leggermente più rilassato soltanto quando sentì i passi di Jacqueline che stava uscendo dalla sua stanza.

— J —

Jacqueline era ancora un'adolescente quando aveva sentito parlare per la prima volta della Biennale, rimasta associata a un caro ricordo della sua vita.

Come regalo di compleanno, suo padre le consegnò una busta rossa con due pezzi di carta all'interno. Il più grande era una banconota, con la quale poteva comprare ciò che voleva. L'altro, un piccolo foglio bianco, su cui era scritto:

Con diritto a un'altra richiesta...

Dal momento che a nessuna delle sue amiche piaceva leggere tanto quanto a lei, e sicuramente non l'avrebbero accompagnata in una "missione" del genere, rispose senza ragionare o esitare.

«Mi porti alla Biennale? Basta lasciarmi all'ingresso...»

L'affetto con cui ricordava quella domenica pomeriggio, impegnata passeggiando per i lunghissimi corridoi del palazzo della Fondazione, era ancora immenso. Questo ricordo acquistò ancora più forza perché non riuscì mai a dimenticare la gioia di vedere le persone più importanti della sua famiglia, alle quali non piaceva leggere, nel mondo dei libri che ha sempre amato. Erano lì per lei e tutti i suoi amori erano riuniti in un solo posto. Sua madre, nonna e zia la "seguivano", parlando distrattamente e pazientemente.

«Guarda tutto quel che vuoi e non ti preoccupare di noi. Ci rivediamo all'uscita», le comunicò la madre.

Ciononostante, l'accordo non fu rispettato. Maria Jacqueline venne "perseguitata" da quelle donne per tutto il tempo in cui rimase a guardare i nuovi titoli o semplicemente a sfogliare i libri che avevano catturato la sua attenzione. Loro camminavano alla dovuta "distanza di sicurezza", dandole spazio e modo di fare ciò che volesse. Anche perché di lei non si preoccupavano; chiacchieravano allegramente.

Per un secondo rivisse quel bel momento impresso nella memoria del cuore. Sorrise al pensiero che suo padre e suo nonno non fossero nemmeno entrati, aspettando le donne della famiglia con tutta la pazienza di questo mondo al bar alla moda e ben frequentato del complesso. Jackie si ricordò, addirittura, della scritta nella busta che ricevette con uno degli acquisti:

"Leggere può creare indipendenza".

Siccome era pienamente d'accordo con quella frase stampata in grossi caratteri rossi, mise da parte tutte le altre buste che portava e si fece divulgatrice del messaggio, ostentando con orgoglio quel sacco beige di cotone grezzo.

I molti libri che aveva comprato furono "divorati" in pochissimo tempo, proprio come fa sempre quando va a una fiera del libro qualsiasi.

In realtà, Jacqueline immancabilmente promette a se stessa di non comprare nulla prima di entrare a causa della logistica "per non dover scegliere chi far rimanere nell'appartamento tra lei e i libri, per non doverli mettere nel pianerottolo del palazzo o per non rimanere sotterrata".

Questo era quello che diceva e dice tuttora in tutte le fiere, senza riuscire a mantenere la promessa fatta a se stessa:

"Questo lo devo leggere. Assolutamente!"/"Guarda il prezzo di questo!?"/"No, dai, non riesco a lasciarlo qui..."/"E questo? Come faccio a non comprarlo?"

E Elenia non trovava seicento *reais* per l'iscrizione...

Peccato disprezzare la lettura per il mondo che offre.

L'editore era interessata solo ai libri che produceva e vendeva. Lei non si interessava alle potenzialità della fiera perché, dei libri che pubblicava, si preoccupava solo del prezzo - e di quanto ne avrebbe ricavato, più che altro.

Il lavoro dà i suoi frutti

Tra poche ore si sarebbero seduti al tavolo il dottor Rodrigo, al centro, Elenia Giusti a destra e, su richiesta di quest'ultima, Jacqueline, in qualità di assistente, a sinistra. Alcune copie, lasciate in piedi davanti alla piccola pila di libri disposti a forma di spirale, davano movimento al tavolo, abbellendolo.

L'elenco degli invitati comprendeva più di 500 persone tra medici, infermieri, farmacisti, oltre ai familiari, pazienti e amici del dottor Rodrigo Antonielli, compreso il politico famoso, che finì per generare alcune attenzioni speciali durante la preparazione dell'evento.

Dalla decisione di pubblicare il libro erano passati due mesi. Ora mancavano solo gli ultimi dettagli per la prima serata di autografi per "*Il gusto del mangiar sano*" e tutto doveva essere impeccabile. Jacqueline lavorò duramente per la sua prima organizzazione di un firmacopie non solo perché il libro avrebbe potuto dare l'importanza alla Solo Lettere che lei ed Elenia cercavano, nonostante gli obiettivi opposti perseguiti da entrambe sotto lo stesso tetto, ma soprattutto perché lei credeva veramente in quel libro.

Maria Jacqueline praticamente non aveva dormito. Rimase fino a tardi nel salone per preparare, coordinare e controllare i dettagli di cui si era presa cura sin dall'inizio. Ora mancava veramente poco all'inizio della serata.

"Meglio controllare se manca qualcosa per la millesima volta..." Jacqueline cambiò espressione e umore d'improvviso.

L'autore giunse prima dell'orario previsto. Lei lo vide arrivare perché si distingueva in mezzo a tutto e a tutti, camminando con passi sicuri nella sua direzione.

"Rodrigo in abito e camicia nera con cravatta grigio grafite... w-o-w! Neanche Can Yaman potrebbe essere più sexy!"

Tutti lo guardavano, uomini e donne, ognuno per le proprie motivazioni.

L'accordo tra loro (Jacqueline, Elenia e Rodrigo) era che, dopo il discorso iniziale dell'editore, Jacqueline avrebbe moderato l'evento, parlando un po' dell'opera per poi dare la parola all'autore.

Maria Jacqueline pensò che finalmente avrebbe incontrato Mafalda. Data l'importanza che la sua presenza "virtuale" aveva nella casa editrice, sebbene fosse sempre assente, sicuramente avrebbe dovuto presenziare un evento così importante. Invece, Elenia arrivò sola, contrariando le sue certezze. Arrivò quasi come l'ospite dell'ultimo minuto, indossando un lungo abito completamente ricamato di paillettes argentate sotto una coda di volpe di gusto discutibile, seppure sintetica, ostentata orgogliosamente.

Il dottor Antonielli riuscì a riunire un numero non indifferente di persone per qualsiasi editore. Nel vedere tutti quegli invitati, Elenia intuì che le vendite per quella serata sarebbero state più che promettenti per la sua Solo Lettere. Puntualmente, all'ora stabilita, Jacqueline chiese al responsabile della sicurezza che permettesse l'entrata degli invitati che aspettavano fuori con impazienza.

—ʃ—

In seguito alle poche parole di benvenuto, Elenia diede inizio all'evento dispensando molti aggettivi sul dottor Rodrigo Antonielli, il *medico*, cadenzando il termine ogni volta che lo pronunciava. Chi lo ascoltava associava quell'intonazione al rispetto con cui Elenia si esprimeva nei confronti dell'autore. Ogni volta che Jacqueline lo ascoltava, si sentiva sollevata.

Subito dopo, non trascorse nemmeno un minuto vero, diede la parola all'assistente. Jacqueline rimase persa momentaneamente. Il breve discorso che Elenia avrebbe dovuto tenere da editore era l'introduzione di ciò che avrebbe detto lei, in seguito, da assistente.

Il problema non era una questione di cosa dire, perché Maria Jacqueline ricordava chiaramente ogni parola che aveva scritto per entrambe. Mancava l'anello di congiunzione, che la titolare non consolidò, trasferendo ancora una volta la sua responsabilità sulla sua assistente. Era tutto nelle sue mani, come sempre, d'altronde, e Jackie non sapeva che stava per vivere una delle situazioni più imbarazzanti della sua vita. Nemmeno in quel difficile momento lei deluse le aspettative, neppure quelle del pubblico presente.

Il discorso del dottor Rodrigo Antonielli coinvolse tutti e lo champagne che lo seguì fu servito agli invitati con la stessa serenità ed eleganza di una mostra in una galleria d'arte. Infatti, chi fosse arrivato a quell'ora della notte poteva confondere il tipo di evento. Le pareti esibivano dipinti molto originali di un pittore tanto sconosciuto quanto audace nelle sue creazioni 3D. Il proprietario del locale non aveva intenzione di venderle. Rodrigo aveva molto apprezzato la presenza di quelle opere che, sicuramente, arricchivano la sua manifestazione. La scelta di Jacqueline non avrebbe potuto essere migliore, nella sua opinione.

Tra improvvisazioni e riadattamenti gli invitati risposero con attenzione ed entusiasmo, e l'evento si rivelò il successo per il quale Jacqueline tanto aveva lavorato. Si vedeva entusiasmo anche in un gruppo di donne che si disputavano l'attenzione dell'autore mentre aspettavano il proprio turno per avere il suo autografo sui libri che avevano comprato. C'era un'eccitazione generale nell'aria. Jacqueline osservò, per un secondo, le reazioni delle signore e come stessero usando le copie acquistate per scopi molto diversi dal piacere di leggere.

Il successo dell'evento fu davvero inaspettato. Anche per Elenia, che mai perdeva un'opportunità. Stando al suo modo di ragionare, ogni persona o situazione doveva portarle un beneficio e/o profitto. E in quella circostanza aveva ottenuto entrambi.

Con un sorriso forzato si avvicinò a Jacqueline e, con un leggero cenno di testa, la indusse ad accompagnarla qualche passo in avanti, afferrandole il braccio, mentre distribuiva sorrisi ipocriti a tutti i presenti e a chiunque incontrasse in quei pochi metri percorsi affianco alla sua assistente.

Insieme al bicchiere di champagne, Maria Jacqueline teneva un foglio piegato su cui aveva scritto l'elenco dei libri riservati. Poiché tutti gli esemplari furono venduti in poche ore, avrebbero dovuto stampare più esemplari da consegnare, già firmati. La maggior parte delle copie sarebbero state inviate all'ufficio del politico famoso.

Ancora con la mano che quasi stringeva l'avambraccio di Jacqueline, Elenia le avvicinò la testa e fece una richiesta a voce molto bassa.

«Inventa uno sconto qualsiasi come scusa per vendere di più. Con il prezzo ridotto la gente acquisterà almeno un libro in più.»

Elenia smise di parlare per salutare l'uomo di mezza età che le passò accanto con la moglie esuberante, sorridendo loro in un modo cretinamente falso. Riportò lo sguardo sull'assistente, aggrottando la fronte, senza disturbarsi dell'indignazione che vide impressa sul suo volto. Attendeva la sua risposta.

«Non possiamo farlo, Elenia! La maggior parte degli invitati sono persone importanti, medici, direttori di ospedali, abituati a partecipare a congressi, eventi dell'alta società... non possiamo fare sconti come se fossimo un supermercato! Dobbiamo mantenere un livello di professionalità!»

«Non vedi come si comportano queste donne? Compreranno altri libri pure loro solo per impressionare il cuoco. Qui, tutti vogliono impressionarlo. Sono tutti dei ruffiani. Organizza uno sconto.»

«Per favore, Elenia. Non possiamo farlo. E lui è un *dottore...*»

«Esigo la tua collaborazione, Jacqueline!» avvertì l'editore, guardandola seriamente. L'espressione severa che rimase impressa nei suoi occhi la cambiò in volto. Fu quasi una trasfigurazione.

La proprietaria della Solo Lettere non aveva mai parlato con la sua assistente in quel modo, tanto meno con quel tono. Dunque, a Jacqueline non rimase altra scelta, perché il vero messaggio di quell'ammonimento era: "Devi supportare *tutte* le mie decisioni, qualsiasi esse siano". Questo era il vero messaggio - un patto silenzioso, implicito. Dalla sua parte o dalla parte del nemico. Per Elenia non esisteva via di mezzo; a meno che solo così avesse potuto ottenere qualche risultato, ovviamente.

Con grande imbarazzo, Jacqueline si diresse al tavolo principale senza avere la minima idea di cosa avrebbe detto o fatto di fronte al pubblico. Si accertò che il microfono fosse ancora acceso e chiese un minuto di silenzio. Il fruscio che le casse riprodussero a gran volume attrasse l'attenzione di tutti e gli invitati smisero di parlare. Il totale silenzio che si formò imbarazzò Jacqueline ancora di più.

Si sentiva nuda davanti a loro. Il suo disagio aumentava con l'immobilità di quel gruppo di persone. Aveva l'attenzione di tutti concentrata sui suoi gesti e, soprattutto, sulle sue parole. Gli sguardi che emanavano allegra curiosità da tutto il pubblico erano frecce che le arrivavano direttamente al cuore.

Fu il momento più difficile di tutta la sua vita fino a quel momento, per dimostrare calma e sicurezza.

Smise di guardare le persone per vedere il salone, pieno. Focalizzare lo sguardo di qualcuno in particolare l'avrebbe destabilizzata. Doveva concentrarsi sul pubblico come gruppo, altrimenti non sarebbe stata capace di comunicare quel che era stata praticamente obbligata a fare.

Iniziò ringraziando tutti per l'attenzione- ad ogni modo, benché poco, era pur sempre un inizio. Doveva prendersi del tempo per trovare *il motivo giusto* per annunciare la vendita straordinaria di libri che stava per iniziare.

Alcune persone che stavano ancora parlando si voltarono per ascoltarla. Anche loro volevano sentire la novità che lei stessa ancora non conosceva. Quell'improvviso sentimento di attesa degli invitati creò molta ansia in Jacqueline.

Percorse tutto il salone con lo sguardo e un sorriso sulle labbra ancora senza avere la minima idea del motivo per cui tutti la stavano guardando e ascoltando in quel momento. Il silenzio della folla, immobile, era quasi una presenza perturbante.

Loro continuavano aspettando l'annuncio di Jacqueline e lei non sapeva cosa dire.

Ancora senza alcuna idea, cercava parole senza contenuto affinché le venisse qualcosa in mente.

«Spero vi stiate divertendo.»

La sala ammutolì. Era arrivato il momento.

Il suo sorriso prolungato cercava di mantenere la connessione con il pubblico in un dialogo silenzioso. Si sentì disturbata dalla signora che iniziò a parlare con l'uomo e le due donne accanto, a metà cerchio. Doveva annunciare qualcosa. Non poteva attendere un solo secondo in più. Non avrebbe potuto sopportare ancora a lungo tutta la tensione che si era creata.

Iniziò dicendo, con un leggero balbettio, che "era lì per comunicare uno sconto lampo, per la durata di un'ora". Le parole le arrivavano col contagocce. Notò il movimento di un uomo in abito azzurro scuro che girò il braccio semipiegato per guardare il suo orologio cromato.

Ora il problema - e non era una questione di dettaglio, per Jacqueline, - era comunicare *il perché*. Evitò di guardare Elenia, la cui presenza era fortemente percepita dal suo stravagante vestito di paillettes. Quasi s'illuminava. Jacqueline era convinta che il suo posto come assistente presso la Solo Lettere avrebbe potuto dipendere da quelle parole che stava per dire.

Evitò anche di guardare Rodrigo. Il rispetto che nutriva per il suo libro, per il quale aveva lavorato con tanto affetto, meritava la nobile intenzione che cercava in quel momento.

Il pensiero "nobile intenzione-azione" creò un'associazione immediata nella sua mente e lei iniziò a dire frasi, non soltanto parole, che le uscivano della bocca senza che lei sapesse esattamente cosa stesse dicendo.

«Sono lieta di informarvi che ci sarà una vendita in esclusiva per un breve tempo e la somma raccolta andrà in beneficenza.»

Con lo stesso sorriso imbarazzato di prima, ma con molta più scioltezza, continuò spiegando che il valore raggiunto sarebbe stato interamente destinato all'istituzione o ente scelto dall'editore. Guardò Elenia facendo un gesto molto gentile con la sua mano, come a indicarla. Tutti si girarono per guardarla. Il suo sorriso, subdolo, era ben diverso del solito.

Elenia era un fascio di luce, non soltanto a causa dell'effetto ottico del suo vestito. Sorrideva in un modo talmente ipocrita che Jacqueline dovette distogliere lo sguardo perché non riusciva a guardarla. La titolare della casa editrice stava prendendosi tutti i meriti del suo "altruismo" quando, in realtà, stava soltanto speculando e monetizzando la buona fede di quelle stesse persone che la stavano applaudendo in quel momento.

Quella scena patetica infranse enormemente tutte le speranze di Jacqueline che, pur ben conoscendo la titolare, ancora sperava in un risultato onesto della raccolta della vendita extra. Elenia Giusti stava, di nuovo, solo usando le persone. Però, questa volta, con il loro stesso avallo manifestato con scroscianti applausi di entusiasmo e approvazione.

Fu un duro colpo per le buone intenzioni di Maria Jacqueline Pellegrini e per il suo lavoro alla Casa Editrice Solo Lettere.

Tuttavia, il messaggio che aveva appena comunicato, senza pianificazione, cominciò ad avere effetto. Ancora davanti al microfono, con lo sguardo che raggiungeva l'intero salone senza guardare nessuno in particolare, notò l'onda di persone che iniziava a muoversi nuovamente, convergendo in un unico punto.

Lo sguardo di Jacqueline trovò quello di Elenia che, nel vederla, blindò il respiro con la testa leggermente infilata tra le spalle. Tutto il viso brillava con la luce del sorriso dei suoi occhi come se fossero due fari capaci di illuminare tutta una stanza. Non nascondeva il suo apprezzamento.

Poi guardò Rodrigo, che le sorrise anche lui, ammirato per il suo gesto.

Il suo sorriso, come risposta a tutti e due, fu timido e imbarazzato. In quel momento Jacqueline girò la testa, allontanandosi da entrambi gli sguardi. Vide il tavolo dove erano esposti i pochi libri ancora in vendita, con la chiara consapevolezza di quanto fosse diversa la vita che aveva sognato in una casa editrice. Ringraziò tutti per la collaborazione e abbandonò il microfono.

Gli invitati parlavano animatamente, a piccoli passi, seguendo quell'onda che si stava muovendo in un unico punto, sebbene in modo rapido, tra sorrisi di circostanza e un bicchiere di champagne in mano. C'era molta fluidità nella coda che si stava formando spontaneamente.

Le persone aspettavano il proprio turno pazientemente. Sembravano persino divertirsi nell'ostentare la loro presenza in quella coda come se stessero facendo qualcosa di molto importante. Non avevano fretta. Era un momento di negoziazioni per tutti.

Ogni persona, in quel salone, aveva il proprio motivo per acquisire più copie. Con il "fattore fortuna" sarebbe stato possibile ottenere il risultato desiderato, o anche più. Tutto sarebbe dipeso dagli incontri fortuiti, forzati o pianificati nell'acquistare un altro esemplare. In fin dei conti, comprare più copie, o almeno un'altra, significava avere l'opportunità di trovare e tessere nuove relazioni, oltre che consolidare ed espandere le antiche, compiacendo *anche* l'autore del libro.

Tutto questo accadeva in una fila, con la silenziosa complicità di tutti e basso prezzo d'investimento, in quell'instante ancora più basso poiché il libro era offerto con sconto. "Splendida quest'idea" sembrava voler dire quel che si respirava nell'aria, così com'era palpabile la soddisfazione di tutti. Principalmente di Elenia.

Pochi se ne andavano con i loro libri in mano. La maggior parte resisteva e restava; i contatti potevano aumentare. L'idea di Jacqueline fu molto apprezzata. Nessuno voleva perdere l'opportunità di sfruttare una serata che finì per essere vantaggiosa per tutti, più di quanto avessero mai immaginato. Nemmeno alcune di quelle donne.

Rodrigo approfittò dell'instante di concitazione e dell'apparente rilassamento generale al termine del tempo stabilito per la vendita extra per camminare verso Jacqueline. Si avvicinò a lei con un sorriso radioso.

«La tua dedizione ha reso questa mia sessione di autografi un successo» - le prese il braccio con delicata fermezza e avvicinò la sua bocca all'orecchio di Jacqueline per dirle "grazie".

«L'autore del libro sei tu. Se la serata è un successo è la Solo Lettere che deve riconoscere il tuo lavoro e ringraziarti», rispose lei senza riuscire a staccare gli occhi dal dottore che la fissava. «Che il tuo cammino sia di molta luce, Rodrigo!»

Rodrigo non si trattenne.

«Jacqueline, guarda - ho dei brividi. Non sto scherzando.»

«Che ho fatto? Ho detto qualcosa di sbagliato?»

«No, assolutamente! Tutt'altro!», e si abbandonò in un sorriso contagioso. «Hai detto la cosa più bella che avresti potuto dirmi in questo momento» e, sbottonando due bottoni, tirò una piccola parte della sua camicia nera con un gesto deciso in modo che Jacqueline potesse vedere la frase tatuata in corsivo sul suo petto, subito dopo la spalla.

Caminho de Luz[1]

«Mi hai letto nell'anima. È quello in cui credo e che cerco... Penso che fosse nel nostro destino incontrarci...»

Si avvicinò di nuovo a Maria Jacqueline e aggiunse "eri già nel mio Cammino?" quasi in un sussurro.

Lei non rispose. Semplicemente lasciò lo sguardo posato su gli occhi di Rodrigo che comprese, dal piccolo sorriso che le riempiva tutto il viso, che anche lei pensava allo stesso modo.

Il medico si riabbottonò la camicia e si diresse verso il frizzante gruppo di persone che lo stava aspettando con più di un esemplare del suo libro in mano.

1. Cammino di Luce

Il perdono

– Sono io, apri.»

La voce era familiare.

«Perché sei arrivata così presto?»

«Ma stavi ancora dormendo? Dai un'occhiata all'orologio.»

«Sì, certo... che ore sono? Mi sono alzata per rispondere al citofono.»

«Connessione con il pianeta Terra... mezzogiorno-di-una-domenica-assolata-estiva... eravamo rimaste d'accordo che ci saremmo incontrate per un brunch, hai dimenticato?»

«Non l'ho dimenticato. È che ho perso il sonno e praticamente mi sono addormentata solo adesso di mattina. L'altra notte non ho quasi dormito a causa del tanto lavoro. Ero stanca... aspetta... fammi lavare i denti. Parla che ti sento. Oh mamma, guarda che faccia... con queste occhiaie sembro un orso panda!»

«Hai la faccia gonfia, questo sì. Hai bevuto molto ieri sera?»

«Solo un bicchiere di champagne. Ero a lavoro. Non potevo bere.»

«E come mai hai perso il sonno? Non dirmi il nome Tiziano...»

«Più o meno....»

Veronica si avvicinò alla porta del bagno mentre Jacqueline finiva di spazzolarsi i denti. Il silenzio si prolungò. Era evidente la poca voglia dell'amica di parlare di questo l'argomento.

«Che è successo? Vi siete incontrati?»

«No, e non voglio parlare di questo.»

«Vuoi cambiare argomento? Ok. Allora parliamo di qualcos'altro... com'è andata la presentazione ieri?»

«Tiziano non mi interessa. Non ci penso più.»

«Stai mentendo, lo sai. Tu soffri ancora per quello che ti ha fatto.»

«Mi sento confusa. Volevo capire cosa non ho fatto, o cosa ho smesso di fare, cosa l'ha spinto a cercare un'altra anziché rimanere con me.»

«Questa tua insicurezza ti uccide. E per questo tu lo odi ancora.»

«Io non odio nessuno, ma se odiassi qualcuno in questo momento, questo qualcuno sarei io. Vorrei solo capire cosa è accaduto veramente. La bianca o la nera?»

«La nera. Con i jeans mi piace più il nero. Tu non capirai mai, te lo dico per esperienza. Dimentica. E per questo devi perdonarlo.»

«Perdonare? Lo dici sul serio? Ma figurati...»

«So che è difficile ma, se non lo farai, penserai sempre alla sofferenza che lui ti ha causato e questo dolore non passerà mai. Ci vorranno anni prima che ti senta in pace di nuovo. Allora, accorcia questa strada, per la quale dovrai passare comunque, e perdona...»

«E secondo te ora dovrò pensarlo come un angioletto, dimenticare tutto e far finta che non sia successo nulla? Perdonare? Hai detto proprio questo?... tra poco mi chiederai di volergli bene come se fosse il mio migliore amico! Vado di scarpe basse, voglio stare comoda. Tacco alto basta quello di ieri.»

«Indossa quelle che ti fanno stare più a tuo agio. Non è questo il punto. Non è in questo senso. È solo che l'energia dell'odio non ti porta da nessuna parte. Prima accetta; fa meno male e diventa più facile. Dopo perdona. È come se tu riuscissi a ignorarlo all'improvviso, trasformandolo in una persona indifferente a te stessa - né carne né pesce, sai... dammi retta. Prova almeno. Se riesci a perdonarlo, riesci pure a cambiare la tua situazione a tuo favore in tutto questo. Anche per una prossima relazione. Non portare le tue frustrazioni per tutta la vita. Perdona, e ti libererai di questa carica negativa.»

«Sembri Debora. Lei che dice queste cose...»

«L'energia del perdono, che si manifesta attraverso l'amore, poco a poco trasforma la vita positivamente. Altrimenti continuerai a portare le cicatrici di quello che credi sia un'ingiustizia senza riuscire ad allontanarle. E tutto torna contro te stessa. Solo tu perdi, se rimani così.»

«Vedi? Uguale a lei...! È il suo modo di dire.»

«Mi stai ascoltando?»

«Certo, Vero', ma sono ferita. Lui mi ha fatto troppo male. Quel che dici è tutto molto bello, ma nella pratica non funziona. La realtà è ben diversa.»

«Stai solo perdendo tempo. Potresti pensare a te stessa, creando il tuo futuro. Invece stai rimuginando sul dolore di ciò che ti ha fatto, che potresti aver già lasciato alle spalle. Tiziano non ha più nulla a che fare con te o con la tua vita. Quello che lui ti ha fatto è un suo problema - il tuo è decidere *cosa farne*, dopo. Chiudi questo cerchio con il perdono. Cambia l'energia del *tuo pensiero* che la tua realtà cambierà.»

«È umano provare rabbia.»

«È umano sentire rabbia, ovvio, ma sei troppo intelligente per continuare a coltivare questo sentimento. Sei ancora presa dal passato e dai dolori che lui ti ha causato. Perdona. Poni fine a questa sofferenza. E ricomincia la tua vita.»

«Mi stai chiedendo l'impossibile.»

«Finirai per capire che questo non solo è possibile ma necessario. Non soffrire di nuovo per dover prendere questa decisione per l'esasperazione. Fallo adesso. Saggio chi si cambia e si trasforma senza dover passare per una lezione prima di soffrire.»

«Ancora non riesco.»

«Allora ricordati che "la lezione" si ripeterà finché tu riesca. Esci da questa storia per passare a un'altra, più felice. Perdonalo, e la vita sarà migliore per te.»

«Oh... ma mi stai augurando un'altra relazione complicata? Pensavo fossi mia amica...»

«Ma lo sono, smettila. E se te lo dico è proprio perché voglio il tuo bene. Non sono io che te lo sto augurando. È la vita che ti metterà nella stessa condizione finché impari. Se non riesci ancora, almeno esci da questa energia/frequenza/vibrazione, altrimenti continuerai ad attirare tutta questa sofferenza a te stessa senza volerlo. Bisogna ricominciare in un modo diverso.»

«Riiniziare è molto difficile...»

«Ti garantisco che rimanere così è ancora peggio.»

«Sono pronta. Andiamo?»

Le "coincidenze" della vita

– Che prendi? Il tuo solito?»

«Humm... non lo so; non ho fame.»

«Che strano!»

«Infatti... oggi prenderò solo il ***pain au chocolat*** che loro fanno. È delizioso! E un caffè.»

«Io sono in dubbio tra ***bagel*** e ***pancake***, ma questi muffin ai mirtilli li prendo di sicuro... li adoro! Oggi offro io. Guarda, quel tavolo...», avvertì Veronica dando di gomito a Jacqueline; «...si è liberato. Andiamo!»

«Allora, che volevi dirmi?»

«Zucchero?»

«No, grazie. Non consumo i raffinati.»

«Ahhh... questo mi puzza di risultato della "contaminazione" con il dottorino salute!»

«Già non usavo zucchero bianco né rafinati da prima...»

«Lo so... ehi! Hai cambiato l'espressione del viso! Non t'innervosire, però! Stavo solo scherzando!»

«Dicevi?»

«Volevo raccontarti una storia molto interessante. È successa quando Luigi Guglielmo e io eravamo a Trento, nel nord Italia, due anni fa.

Mentre sciavamo a Madonna di Campiglio abbiamo conosciuto una coppia che ci ha parlato di un lago con così tanto entusiasmo che ci contagiò. Lui mi guardò e capimmo all'instante dove saremmo andati il giorno successivo.

Siccome era la vigilia dell'Anno Nuovo, doveva essere una passeggiata di alcune ore. Era solo questione di vedere il lago, pranzare e ritornare presto per prepararci per il cenone prenotato in un ristorante vicino all'albergo dove alloggiavamo.

Siamo andati in autobus. Pensammo che sarebbe stato più divertente e in effetti lo è stato - un po' per le Dolomiti completamente imbiancate, che non riuscivo a smettere di guardare, ma anche per quello scenario del tutto nuovo per me che vedevo durante il percorso, che mi meravigliava e tanto mi divertiva.

Osservavo le persone, cercando di immaginare come sarebbero stati gli usi e costumi di una vita vissuta in alta montagna e, allo stesso tempo osservavo quasi strabiliata il paesaggio, a tratti surreale, che ci circondava: lamine di ghiaccio ricoprendo torrenti ghiacciati o, addirittura, interi laghi, e una stalagmite che sembrava voler uscire dalla bocca di un rubinetto che fu quello che mi stupì di più, in realtà.

Quando siamo arrivati al piccolo villaggio, l'autobus ci ha lasciati in un ampio parcheggio. Abbiamo visto proprio davanti a noi un cartello con l'indicazione "lago" e abbiamo proseguito in quella direzione. Eravamo talmente stupiti dallo splendore di una natura incontaminata che non abbiamo nemmeno pensato di controllare gli orari per il ritorno.

Dovevamo fare una stradina tutta in discesa per arrivarci e, quando ho visto il Lago di Tenno sono rimasta per un attimo senza respiro. È davvero splendido! Abbiamo fatto il giro di quasi tutto il lago e non ci stancavamo di guardare le sue acque azzurre che riflettevano tutte le montagne che lo circondano in silenzio e con imponenza. Eravamo completamente immersi in quello scenario, praticamente disconnessi dalla realtà.

Però, i crampi allo stomaco che cominciai a sentire con più frequenza mi hanno fatto pensare che fosse già passata l'ora di pranzo. Mi sono guardata attorno e ho visto che se n'erano andati quasi tutti. Eravamo rimasti noi due e pochi altri.

Dovevamo ritornare al piazzale del parcheggio per mangiare e andare via, ma quando siamo arrivati lì non c'era nessuno. Ho iniziato a preoccuparmi perché, se era tardi per il pranzo, lo sarebbe stato anche per ripartire. Notai che anche Luigi Guglielmo era preoccupato. Non spiccicava parola; lui, che è sempre un tipo tranquillo...

Alcuni istanti di silenzio dopo mi ha detto semplicemente che c'erano solo due ristoranti. Uno più grande, verde acqua, che dalla facciata sembrava molto più chic di quanto volevamo, e l'altro, una trattoria, di cui si vedeva solo l'insegna rettangolare in fondo, dall'altra parte della strada.

Abbiamo optato per quest'ultima e, quando siamo entrati, abbiamo visto che i pochi commensali ancora seduti ai tavoli stavano già prendendo il caffè. La mia preoccupazione aumentò ancora di più quando vidi il grande movimento dei camerieri che andavano di qua e di là in fretta per sistemare i tavoli. Solo allora ho capito che avevamo veramente i minuti contati - tra poche ore tutto il mondo avrebbe festeggiato il nuovo anno.

Ti confesso che sono rimasta turbata quando ho visto quella scena. Ho individuato una ragazza dietro il bancone, davanti alla cassa. Sembrava essere la proprietaria e non so perché ho intuito che fosse anche simpatica. Questo mi ha dato un gran sollievo perché ero certa che ci avrebbe aiutato; e siamo andati da lei per chiedere un tavolo.

Quella ragazza stava controllando qualcosa con la testa bassa. Quando le ho chiesto un tavolo, lei alzò lo sguardo solo per dirmi "il-ristorante-è-chiuso", impassibile.

Ho guardato Luigi Guglielmo, ho raccolto tutta la gentilezza che ho potuto per continuare ad essere educata e le ho detto che capivamo perfettamente, e che non volevamo in alcun modo disturbare o causare ritardi - ci bastava appena un piatto di pasta con il sugo che avessero già pronto in cucina o un piatto di carne... quello che fosse più comodo, insomma. Ho provato anche a sorriderle, cercando di rompere il ghiaccio.

Ma lei mi ha guardato di nuovo per dirci, imperterrita, che la cucina era già chiusa perché stavano preparando il cenone - e abbassò di nuovo la testa, tornando alle sue cose. Ho preso la mano di Luigi Guglielmo e siamo usciti senza dire nemmeno un "grazie".

Dovevamo attraversare quel famoso piazzale del parcheggio dove siamo arrivati per andare dall'altro ristorante - quello più chic. Non avevamo altra scelta e dovevamo chiedere aiuto, più che altro.

Mentre lo attraversavamo ho approfittato per controllare l'orario di ritorno degli autobus. In quel momento ho provato vera disperazione: non c'erano più pullman di ritorno in quello stesso giorno - solo nell'anno nuovo, come indicava la piccola tabella affissa alla fermata.»

«E come avete fatto?»

«Ti devo raccontare i dettagli per farti capire quello che voglio dirti... allora, all'ingresso del ristorante verde acqua, memore dell'esperienza precedente, cercai il proprietario con lo sguardo e, impegnandomi a dimostrare indifferenza, gli chiesi se poteva prepararci un vassoio di antipasti - giusto qualche fetta di formaggio e salumi - sperando che il destino non stesse giocando così duro con noi.

Tu sai chi ha la faccia tosta tra me e Luigi Guglielmo, giusto? Quindi, ho guardato il proprietario che, dietro il bancone, stava lavando dei bicchieri, e gli ho fatto un movimento rapido con le sopraciglia per invitarlo a rispondere affermativamente - e funzionò, perché lui mi chiese se volevamo pure il vino.

Quando gli domandai se era a conoscenza dell'orario del prossimo pullman, lui rispose, con sana tranquillità, che tutti gli orari erano stati anticipati a causa della giornata festiva e che quel giorno non ce ne sarebbero stati altri.

Per nascondere il mio sconcerto lo guardai negli occhi e gli chiesi, con fare teatrale: "Oh, davvero? E per caso conosce qualcuno che potrebbe portarci da qualche parte a prendere il bus per ritornare in albergo?" - aspettando che si proponesse lui di aiutarci. Ma si limitò ad appoggiare sul bancone il bicchiere pulito appena lavato prima di guadarmi per rispondere:

"Nessuno. È difficile trovare qualcuno oggi, dato che siamo tutti molto impegnati col cenone.»

«Ah, ecco...»

«In quel momento, mangiare era l'ultima delle nostre preoccupazioni, ovviamente, anche se il croissant con fetta di torta e cappuccino della colazione di quella mattina non era altro che un dolce ricordo.

Ho guardato Luigi Guglielmo di nuovo e ci siamo capiti con gli sguardi, come al solito. Sapevamo di dover guadagnare tempo - tanto eravamo rimasti bloccati in quel posto e dovevamo pensare come uscirne. Eravamo veramente nei guai...

Appoggiai il cappotto in una delle sedie del tavolo che ci era stato indicato e sono andata a lavarmi le mani. Mentre mi dirigevo verso il bagno, passai davanti a un uomo seduto davanti al bancone.

Ricordo di averlo notato perché era vestito in modo più consono al locale di noi. Mi ha guardato, gli ho detto "buongiorno" e sono andata al lussuoso e profumato bagno delle signore.

Onestamente già pensavo che avremmo dovuto bussare alla porta di quelle poche case fino a trovare una famiglia disposta ad ospitare due perfetti sconosciuti in una festa per amici e parenti.

Oppure, come unica alternativa, avremmo potuto trovare una caverna con un orso che ci proteggesse dagli animali selvatici di quelle montagne. Avevo persino immaginato la notizia sui giornali del giorno dopo: "trovata sana e salva la coppia protetta dall'orso più selvaggio della regione nella notte più lunga e fredda dell'anno in pieno inverno."»

«Non capisco dove vuoi arrivare... cosa ha a che fare questa vostra esperienza con me?»

«Qui volevo arrivare. Ora capirai tutta la situazione e le analogie.

Fino a quel momento non sapevamo ancora che "qualcuno" avesse già risolto tutto per noi, molto prima che ci rendessimo conto che eravamo in un problema serio. Ora ti racconto brevemente una parentesi di questa storia - che è la chiave di tutto...

Quella stessa mattina Antonio e Marinella, una coppia di pensionati che vive a Milano, aveva deciso di trascorrere le feste di fine anno in Trentino. Si svegliarono di buon'ora, fecero colazione ed uscirono per fare una breve passeggiata per non sprecare il giorno della Vigilia. Decisero di visitare la Cascata del Varonne, non molto distante dall'albergo dove alloggiavano. Una volta arrivati, girarono, girarono e girarono molto alla ricerca di un posto dove parcheggiare la propria auto, ma non lo trovarono. Pertanto, Marinella suggerì al marito di continuare e andare al Lago di Tenno, che già conoscevano, tra l'altro, pur di non ritornare in albergo. Stavano lì perché volevano pranzare anche loro ma, siccome il ristorante era già chiuso, stavano per andarsene.

Tornando dal bagno, la prima cosa che ho visto è stato il bellissimo tagliere di antipasti con i calici di vino, e dopo ho rivisto lo stesso signore seduto di prima che stava parlando con il proprietario in piedi a fianco al bancone, e mi guardava in un modo che ho capito che stavano parlando di me. In effetti, quando sono passata davanti a loro, il proprietario commentò che anche loro avrebbero voluto consumare un pasto, ma che non era più in grado di accontentarli. Poi, con mia sorpresa totale, aggiunse che lui e sua moglie sarebbero stati disposti ad aspettarci che finissimo di pranzare per offrirci un passaggio. Non potevo credere a quanto avevo appena sentito!

Ho guardato tutti e tre - il titolare e la coppia - e dissi, di getto, quel che mi venne in mente senza parlarne con mio marito prima: "Allora condividiamo il pranzo, se volete. Ci farà molto piacere condividere il nostro antipasto con voi!" Ho guardato Luigi Guglielmo e lui stava sorridendo, con la testa abbassata, scuotendola leggermente come un breve accenno di no.

Dopodiché tutto sembrava una festa per noi quattro - il tagliere si rivelò più che sufficiente per tutti - e abbiamo pranzato come vecchi amici. E fu durante quel pranzo tanto speciale che abbiamo scoperto i motivi che ci hanno portato a essere nello stesso posto allo stesso tempo...»

«Che coincidenza!»

«In effetti... fu proprio una gran bella *coincidenza*, Jackie.» Veronica passò una mano sulla sua gamba, mantenendo il sorriso che spontaneamente le nacque sul viso.

«Appena finito di mangiare salimmo in macchina, il signor Antonio ci riportò cortesemente in albergo e noi facemmo in tempo a prepararci per il famigerato cenone.

Ancora adesso mi sembra impossibile immaginare che tutto ciò che accadde fosse il risultato di una "cospirazione universale", ma questo è esattamente quello che successe. I cieli, che avrebbero dovuto essere molto impegnati a prendersi cura di questo pianeta in condizioni precarie e in via di distruzione, fermarono tutte le preoccupazioni e occupazioni semplicemente per aiutare due incauti come noi in una di quelle montagne selvagge nel nord Italia, quasi al confine con l'Austria, per impedire che dormissimo all'aperto in una notte di rigido inverno alla vigilia di Capodanno.

Se avessimo pranzato nella trattoria della ragazza antipatica non avremmo incontrato Antonio e Marinella e non so, davvero, quello che ci sarebbe successo.

Ora rispondimi: non credi che ci sia "qualcosa" dietro a quello che chiamiamo *semplice coincidenza*? Ti sembra che tutto quello che stai vivendo siano veramente *solo* delle coincidenze?»

Cambiamenti

Con l'imprevisto profitto della vendita dei libri di Rodrigo, e di alcuni titoli che stavano vendendo lentamente ma inesorabilmente, Elenia iniziò a sviluppare l'idea che da sempre aveva in mente: creare un'azienda formata da solo donne. Una sorta di "Sex and the city", dove un gruppo di amiche uscivano, viaggiavano e lavoravano insieme. Sotto i suoi comandi e per i suoi profitti, naturalmente.

Firmò diversi contratti allo stesso tempo senza preoccuparsi troppo di chi stesse assumendo. Il profilo le sembrava adeguato dopo una breve lettura senza perdere molto tempo? Assunta! In questo modo smembrò la cellula madre della responsabilità un tempo completamente concentrata nelle mani, intuizioni e creatività di Jacqueline. La nuova agenzia stava prendendo vita nel viso delle nuove impiegate.

La maggior parte delle assunzioni furono per la grafica; assunse due persone solo per fare lo stesso lavoro che faceva Alice, da sola, un mese addietro. La casa editrice stava pubblicando diversi nuovi titoli e quello era il reparto più richiesto in quegli ultimi mesi.

Tutto cambiò alla Solo Lettere e non soltanto per Elenia.

Dicono che generalmente i cambiamenti siano positivi, e Jacqueline già s'immaginava più tranquilla, pensando di poter disporre di più tempo per aumentare la quantità e la qualità dei nuovi libri da lanciare e pubblicare - il suo vero ruolo all'interno della casa editrice che, in realtà, era quello che le piaceva fare di più. Tuttavia, si sarebbe subito resa conto che non sarebbe stato affatto così per lei.

In effetti, la bella novità fu effimera per Maria Jacqueline, e la prospettiva di un lavoro efficacemente organizzato e articolato, dove ciascuno (*ciascuna*, in questo caso) finalmente avrebbe ricevuto nelle mani il controllo del proprio incarico nell'intero processo editoriale, presto svanì.

Comprese ciò quando le fu comunicato dalla stessa titolare, colma di gioia in viso, che l'assistente avrebbe cambiato ufficio. Era strano vedere Elenia con il volto disteso, un'espressione del tutto inusuale per lei. In questi ultimi tempi, l'aumento di responsabilità dovuta alla crescita della Solo Lettere, che ora aveva diversi nuovi titoli nel proprio catalogo, influenzava parecchio l'umore dell'editore. Generalmente il suo volto esternava il notevole carico di stress dovuto alla nuova situazione. Jacqueline la guardò con insistenza; sembrava quasi un'altra persona.

Elenia aveva stabilito che, da quel momento in poi, Jacqueline avrebbe lavorato nel suo ufficio, al suo fianco. Questa nuova dinamica la preoccupava e non poco. Sapeva che non avrebbe tollerato quell'avvicinamento troppo a lungo; le analoghe precedenti esperienze le ricordavano fatti che di positivo avevano ben poco. La presenza costante di Elenia era sempre un vero incomodo. Di conseguenza, dubitava del fatto che lavorare nella stessa stanza dell'editore potesse essere produttivo.

Il problema più grande, senza dubbio, oltre alla sua personalità alquanto pungente, era quello che sembrava essere la sua dipendenza. Il telefono. Per cui, mantenere la concentrazione per leggere i manoscritti nello stesso ambiente in cui la proprietaria non smetteva di parlare, non era solo il suo futuro prossimo, ma anche il suo più grosso incubo.

Poiché Elenia aveva determinato che le ragazze della grafica avrebbero occupato il suo ufficio, Jackie lasciò appoggiata sul suo tavolo la targa che prima orgogliosamente conservava sulla porta di quello che era il suo locale di lavoro - la stanza più piccola di quel minuscolo appartamento.

L'ufficio in cui Jacqueline iniziò a lavorare conservava scatole di libri da vendere e ornamenti fuori contesto, che più sembravano vecchi ricordi di viaggio, oltre a oggetti che ben poco avevano a che fare con il mondo della letteratura in generale.

I libri stampati e pronti per la vendita furono suddivisi. Alcuni restarono nell'ufficio dell'editore e la maggior parte fu disposta sugli scaffali del bagno sopra il water.

"*Destinati SOLO alla vendita. Non per la lettura in loco*", così Elenia Giusti aveva scritto a mano su un foglio incollato con negligenza sulle piastrelle sopra il water.

Un altro problema - e questa volta per Elenia - era dove far lavorare tante persone contemporaneamente in quel luogo così minuto. Quello che lei chiamava "ufficio" si trovava al piano terra di un vecchio edificio localizzato alla periferia della città, le cui funzioni di un'intera casa editrice erano, in realtà, suddivise tra tre piccolissime camere e microscopici cucina e bagno, con wc all'interno del box per un miglior sfruttamento dello spazio.

La piccola stanza, prima usata per alloggiare Jacqueline e i libri pronti per la vendita, ora accoglieva Clarisse, la responsabile per il marketing, promozione e pubblicità, Eloisa, la responsabile per il reparto vendite, e Jessica, finanza e contabilità. Cecilia, la designer, per il momento sarebbe rimasta nella stanza in fondo al corridoio con Alice.

Anche Enrico, il marito di Elenia, entrò a far parte della casa editrice e divenne più presente, nonostante le sue apparizioni sporadiche. Era l'avvocato senza scrivania dell'azienda rivoluzionata semplicemente perché non esistevano altri spazi liberi disponibili.

—∫—

Jacqueline e Rodrigo non s'incontrarono più dopo la loro prima uscita e dal giorno della presentazione. Entrambi erano molto impegnati con i rispettivi lavori, ma ognuno aveva il proprio motivo per non cercare l'altro. Jacqueline ancora si sentiva divisa tra le nuove e le antiche emozioni. Rodrigo assaporava la sua libertà.

Erano passati troppi anni tra fidanzamento, convivenza e matrimonio perché il medico pensasse di ricostruirsi un futuro - un orizzonte inconcepibile per lui in quel momento della sua vita, a differenza di Jacqueline, che cercava il vero amore. Lui aveva bisogno di un rapporto da includere soltanto nel suo presente.

In quella fase della sua vita poteva uscire con chi voleva e in pieno giorno, poteva comportarsi alle feste come non aveva più fatto da parecchi anni. Molte donne giovani, non tanto giovani, ricche, non così ricche o con pretese di esserlo - e pure quelle educate a dire solo ciò che credevano gli uomini volessero sentirsi dire - bussavano alla sua porta. Nonostante potesse assaporare l'idea della condizione attuale, proporzionata dalla sua ottima posizione sociale, prerogativa del suo eccellente lavoro, in verità voleva solo tornare a vivere la vita di nuovo. Anche lui non era ancora pronto per un rapporto.

In qualsiasi modo, più che sentirsi a proprio agio con Jacqueline, Rodrigo nutriva un sentimento per lei. Entrambi cercavano una nuova relazione, ma in modo diverso.

Il primo giorno della nuova organizzazione mostrò a Elenia che la rivoluzione non avrebbe significato soltanto assegnare compiti, spartire uffici e delegare funzioni. Era necessario anche imporre ferree regole per la quotidianità e un po' di quiete a tutte quelle donne, perché lei le pagava *anche* per ascoltare i tintinnii che la macchina del caffè produceva in continuazione e che tanto la irritavano.

Lei non comprendeva nemmeno perché la porta del bagno si aprisse e si chiudesse costantemente. Altra questione che bisognava capire era perché la nuova squadra camminasse tanto, sa il cielo per quale motivo, e decise di porre fine a tutta quella passerella in modo definitivo. A tal proposito elencò le nuove modifiche in una mail che inoltrò a tutte specificando e sottolineando l'effetto immediato della stessa. Appena finì di comporre il "testo disciplinare" inviò anche un messaggio al signore tuttofare in pensione per rimuovere il distributore di acqua potabile da venti litri dal corridoio.

La prima indicazione della circolare che specificava le nuove regole alle impiegate appena assunte fu ben esplicita: tutte disponevano rigorosamente di soltanto una pausa a metà mattino e un'altra nel pomeriggio, di dieci minuti ciascuna, per assentarsi dalla propria scrivania. Al di là dell'orario prestabilito, informava il testo della mail che tutte dovevano stampare e firmare, non avevano validi motivi per farlo, eccetto se chiamate dal direttore esecutivo. Autodeterminazione. Conferiva potere e imponenza, caratteristiche del tutto congeniali al carattere di Elenia.

D'altra parte, la reazione delle neoassunte fu unanime: compresero appieno il tipo di persona con la quale avevano appena iniziato ad avere a che fare. In ogni caso, tutte rispettavano la proibizione e, durante la giornata lavorativa, restando sedute più a lungo, notarono che al posto della bottiglia di venti litri d'acqua c'era una specie di tavolo bianco con una sedia vuota.

Non fu solo lo spazio fisico della *nuova* casa editrice che diventò decisamente troppo stretto. L'arrivo di varie persone non fece altro che complicare le già caotiche giornate di Jacqueline, che trascorrevano in modo ancora più veloce e agitato del solito. Oltre le proprie attività quotidiane, lei era molto richiesta anche per risolvere i dubbi e i problemi di ognuna delle nuove impiegate.

Dal canto suo, Elenia nemmeno immaginava - o fingeva di non immaginare - la quantità di richieste in più che gravavano sulle spalle dell'assistente, ora con responsabilità esacerbate. I primi giorni furono davvero difficili per Jacqueline ma, con il passare delle settimane, le nuove colleghe diventarono meno dipendenti dai suoi consigli e indicazioni.

Eppure il caos era generale. Per tutte. Eccetto che per Elenia, la quale iniziò a sviluppare un spiccato narcisismo, degno di una *first lady* o di una star del cinema. Anche il suo modo di vestirsi cambiò - passò a indossare abiti che sembravano usciti dalle copertine di riviste, con lunghe sciarpe svolazzanti come una *pin-up* degli anni '60. Il suo armadio si diversificò molto e il valore di alcuni abbinamenti di vestiti, scarpe e borse firmate (da sempre la sua grande passione) che iniziò a indossare quotidianamente, di certo avrebbe potuto pagare lo stipendio mensile di una delle dipendenti in una sola settimana.

In poco tempo tutto l'ambiente si trasformò, restando inadatto a tutte, mentre Elenia praticamente gioiva nel vedere quelle ragazze lavorare duramente per lei.

Il quotidiano della sua vita lavorativa, però, non subì grandi variazioni; oltre che iniziare e finire conversazioni al telefono di continuo faceva ben poco. A volte metteva la chiamata in vivavoce per far sì che Jacqueline la ascoltasse per aiutarla a decidere quello che *lei* doveva risolvere; altre volte andava in bagno premendo il telefono contro l'orecchio e tutte ascoltavano la sua voce smorzata.

Comunque fosse, lavorare era diventato un "momento di gioia" per Elenia, perché il tempo e la vita di tutte quelle persone erano nelle sue mani.

Le dipendenti finivano la propria giornata lavorativa puntualmente alle ore diciotto. Restava soltanto Jacqueline, e a volte Elenia, che approfittava del silenzio dell'assenza generale in ufficio per leggere i manoscritti in santa pace; l'esistenza e sopravvivenza della Solo Lettere dipendeva anche da loro. Maria Jacqueline cercava di leggerli in altri orari ma, lavorando nella stessa stanza della proprietaria, che parlava di continuo, era impossibile.

Cercò l'orario sullo schermo del suo computer e si alzò di soprassalto. Stava raccogliendo delle buste gialle, quando la titolare chiuse una chiamata e la guardò, appoggiando il cellulare sulla propria scrivania.

«Anche tu vai via? Bene. Oggi non riesco a parlare con nessuno. Nemmeno con Mafalda...» Il suo cellulare riprese a squillare ma lei rifiutò la telefonata.

«Voglio leggere altri originali e non ci riesco. Vado a casa. Dopo una doccia avrò più concentrazione» rispose Jacqueline, infastidita.

«Non capisco come mai queste ragazze se ne vadano senza finire il lavoro. Domani chiederò loro di consegnare tutto il progetto alle nove in punto, così impareranno com'è che si lavora. Non è possibile che fingano di lavorare tutto il giorno.»

«Le ragazze stanno lavorando sodo, ne sono sicura per il fatto che non ci sono ritardi. Qui è una catena - l'una dipende dall'altra - il nostro lavoro è interconnesso e interdipendente, quindi, ti posso assicurare che stanno lavorando sodo. E bene.»

L'editore sapeva che era vero, ma guardò la sua assistente come se stesse dicendo la più grande assurdità di questo mondo, comunque. Jacqueline era una delle poche persone che le diceva sempre la verità, sebbene non sempre bene accetta o gradita.

«Possono dare di più» dichiarò con tutta la disistima del suo sguardo freddo e commentò: «Anche perché... che hanno da fare oltre al lavoro?»

Jacqueline pensò di dirle che le dipendenti, così come lei stessa, avevano molto da fare nella propria vita, ma preferì non farlo. Preferì, invece, controllare la lingua e il malumore per non pentirsi dopo e scelse il silenzio. Oltretutto, anche lei voleva trovare un buon momento per parlarle, che decisamente non era quello. Né per Jacqueline, irritata, tanto meno per Elenia, che sembrava più interessata a continuare con le sue interminabili conversazioni.

«Volevo parlarti.»

Che coincidenza. Anche Jacqueline lo voleva.

Per un secondo pensò di essersi sbagliata. Forse Elenia stava subendo il periodo di transizione a causa del successo arrivato all'improvviso, difficile da elaborare persino per lei, portando non solo situazioni lavorative sconosciute, benché ora avesse più dimestichezza con la quotidianità. Cercava, insomma, di capire la titolare sotto un punto di vista umano.

L'editore si alzò dalla sua grande e alta sedia in pelle nera per prendere la borsa bianca posata sul davanzale sporgente, appena sotto la sua finestra.

«Mafalda mi ha regalato un vino in questi giorni. Non ho voluto portarlo a casa» ammise, tirando fuori la bottiglia dalla busta rettangolare. «La apriamo?»

Elenia prese alcuni bicchieri di plastica del cassetto della sua scrivania, appoggiò la bottiglia sul tavolo, si tolse una scarpa con una mano e appoggiò il tacco sul tappo, sbattendolo piano piano ma con fermezza, finché penetrò. Maria Jacqueline rimase dirimpetto all'editore, osservandola. Con molta naturalezza tirò il tappo di sughero inserito nel tacco e piegò il ginocchio all'indietro per calzare di nuovo la scarpa, lasciando la corona e il turacciolo sul tavolo. Fece tre o quattro movimenti circolari con il piede già quasi dentro il decolté, riempì un bicchiere e domandò:

«Posso riempire anche il tuo?» con la bottiglia già accostata sopra il bicchiere, aspettando solo la conferma per versarne il liquido.

Il gesto inaspettato di Elenia annullò completamente ogni tipo di azione o pensiero di Jacqueline, che la fissava in silenzio e senza battere ciglio.

«No, grazie. Ho preso un farmaco e non voglio mischiare.» La repulsione, in una risposta, fu ancora più scattante che quel gesto inusitato della responsabile.

Con movimento deciso, Elenia prese il bicchiere per versarne il vino. In molto meno tempo di quello che aveva fatto per riempirlo, lo appoggiò sulla scrivania, vuoto.

Quando prese la bottiglia per riempire il suo bicchiere per la terza volta, la conversazione cambiò, così come la sua espressione e il tono della sua voce. Il cellulare riprodusse alcune note di una canzone fastidiosa. Elenia guardò l'apparecchio e con una mano lo strinse, girandosi per rimanere di fronte a Jacqueline.

«Ho bisogno di parlare con qualcuno.» Beveva il vino a piccoli sorsi, rigirando il bicchiere di tanto in tanto.

«Dimmi. Si tratta delle nuove assunte?»

Elenia prese la bottiglia e riempì il suo bicchiere di nuovo. Non lo bevve, però. Dimenticò lo sguardo vuoto sul bicchiere. Nel frattempo, l'alcol aveva già alterato la sua cronica serietà. Alzò lo sguardo per guardare Jacqueline, che la guardava di rimando, aspettando che iniziasse a parlare.

L'Elenia che voleva parlare con Jacqueline non aveva, in quel momento, l'arroganza di tutti i giorni, la superbia verso tutti né la prepotenza di quando inviava le mail o comunicava un ordine assurdo di lavoro, e nemmeno di quando assumeva comportamenti inappropriati alle presentazioni di libri. Era più sciolta, più autentica. Era soltanto una donna qualunque, con problemi, questo era chiaro, che voleva parlare. Diventò una persona vulnerabilmente "umana", molto lontana e diversa dalla perfida e insensibile imprenditrice di ogni giorno e situazione anche se solo per alcuni instanti.

«In realtà... beh, voglio dirti una cosa che non ho mai detto a nessuno. Solo Mafalda lo sa.»

«Con me puoi parlare. Fidati.»

«Bene. Mi fido, perciò te la dico... ho bisogno di fidarmi. Non sono caduta, Jacqueline. O meglio, sono cascata, ma la caduta ha avuto il suo perché.»

«E che è successo?»

«Ho avuto una discussione furibonda con Enrico. Lui si è alterato molto, mi ha dato una spinta con violenza e mi è venuto addosso con quella faccia delirante che ha quando perde il controllo. Mi sono girata per proteggermi il viso, ho perso l'equilibrio e sono caduta sul mio braccio.»

«Elenia... ma è gravissimo! E, se ho ben capito, non è neanche la prima volta che questo accade...»

La proprietaria guardò seriamente l'assistente, grattandosi il naso con un ampio gesto con il braccio. Jacqueline ebbe l'impressione che fosse un inconscio tentativo di nascondere il viso.

«In effetti... ricordi quando ti sembrava strano che io portassi maniche lunghe col caldo? Ma lui non è mai andato così oltre come questa volta. Mi guardava con una ferocia negli occhi... ho pensato che le cose si stessero mettendo davvero male. Dato che abbiamo avuto un'altra violenta discussione stamattina, ero sicura che avrebbe alzato di nuovo le mani su di me. Ora sono spaventata.»

«Lo hai già denunciato?»

«Non posso. È... per le figlie. Ecco... per le figlie. Ho paura di perdere la tutela delle mie figlie, capisci?»

«Elenia - è lui che perderà la tutela delle vostre figlie... è lui che ti sta aggredendo!»

«Si, ma per la legge... beh, le cose sono più complicate di quanto sembrino, in realtà. Molto più di quello che tu possa immaginare. In certi momenti non sopporto così tanta pressione. Sono molto nervosa. Ma dimentica - è meglio per tutte due dimenticare l'argomento. Dimentica che ne abbiamo parlato.»

«Ok, come vuoi. Ma se vuoi aiuto, basta dirmelo.»

«Non ho nemmeno bisogno di chiederti di non parlarne mai a qualcuno, giusto?...»

«Certo che no, figurati. Ti ho detto - fidati di me. Per finire questo argomento, per sempre, se preferisci, lascia che ti dica una cosa: so che può sembrarti strano, ma perché non fai meditazione? Potrebbe aiutarti con questo problema con Enrico. Almeno saresti più tranquilla per ragionare meglio...»

«Non ho bisogno di meditare su niente. Conosco molto bene il problema che ho con mio marito.»

Jacqueline non rispose. Fece finta di essere d'accordo sull'aver dato un suggerimento inappropriato.

La crescita.
Questa volta è diverso.

Il sogno di un'azienda fatta di sole donne diventò molto stretto, fisicamente parlando. La responsabile del reparto risorse umane dovette occupare il tavolo infilato nello spazio inventato in quei pochi metri quadrati dove, prima, era alloggiato il distributore di acqua potabile.

Jessica, per il suo tipo di occupazione, trascorreva la giornata al telefono, così come Elenia, utile nel proprio lavoro tanto quanto uno spioncino in una porta a vetri. Ciò di cui tutte si resero subito conto era la frequenza delle conversazioni con Mafalda e con suo marito Enrico che, a giudicare dalle espressioni facciali della titolare, erano sempre più serie. Ultimamente questi nomi si sentivano spesso.

Stava diventando impossibile per Jacqueline lavorare in quelle condizioni. Lei aveva bisogno di leggere per lavorare, e le colleghe, di parlare. Con esigenze così diverse di lavoro nella stessa stanza, solo una cosa era certa: Elenia non aveva affatto considerato le necessità individuali nel comporre i gruppi. Con un minimo di attenzione, gli uffici sarebbero stati ideali per tutte. D'altronde, niente di strano - i bisogni da lei considerati erano soltanto i suoi e quelli di qualcuno a lei vicino, se avesse potuto essere beneficiata con quell'attenzione, in un modo o l'altro.

Jacqueline parlava con tutte le colleghe ma era più vicina a Cecilia, la designer, e non solo a causa del rapporto lavorativo più stretto che le approssimava sempre di più. Entrambe si riunivano con maggior frequenza a causa della quantità considerevole di libri che la Solo Lettere stava pubblicando.

Ad ogni incontro sentivano di avere molto in comune, e la relazione diventò ancora più amichevole principalmente grazie alla notizia che Cecilia rivelò a Jacqueline in una delle pause a metà pomeriggio.

«Jackie, ti posso parlare? Volevo dirti una cosa...»

«Abbiamo una riunione adesso...»

«È solo un minuto! Andiamo lì che nessuno ci ascolta...» Jacqueline si accorse che Cecilia era diversa - ancora più bella. C'era una luce nuova sul suo viso ed era radiosa.

«Per ora è un segreto!»

«Sembra che ultimamente tutti abbiano un segreto da raccontarmi. È bello sapere che le persone si fidano di me...»

«È vero. Mi fido di te, anche senza conoscerti bene.»

«Sono contenta! In generale, le persone mi dicono proprio questo.»

«Allora sarà che ispiri proprio fiducia! Quel che ti vorrei dire... se da una parte sono estremamente felice, dall'altra sono molto preoccupata.»

«Così mi preoccupi... dimmi...»

«Sono incinta, Jacqueline! Abbiamo fatto il test ieri!»

Il loro abbraccio arrivò in modo spontaneo.

«Che notizia meravigliosa, Cecilia! Sono molto felice per te!»

«E io sono tra le nuvole, credimi, ma il problema è il momento... ho iniziato adesso a lavorare, dopo essere stata disoccupata per tanto tempo.»

«Ti capisco perfettamente. Ma non temere! Elenia saprà comprendere.»

«Le parlerò appena riesco. Augurami buona fortuna!»

«Hai già il mio augurio di buona fortuna - per te e per questa piccola vita che sta arrivando...» Accarezzò la sua pancia con un gesto amorevole. «Però ora dobbiamo andare. Tutte già sono andate e noi saremo in ritardo - una cosa che Elenia non tollera, affatto!»

Le due ragazze entrarono quando le altre erano già sedute alle scrivanie. Elenia arrivò subito dopo.

«Abbiamo il briefing, Jacqueline?», e appoggiò la sua cartella sul tavolo dopo un rapido "buonasera" generale.

«Sì, certo. Ho già raccolto tutto il materiale. Dobbiamo solo inviarlo al revisore. A proposito, chi farà questa revisione?»

«Mafalda me lo dirà e dopo t'informo. Bene. Enrico sta per arrivare e lui darà continuità alla riunione. Dobbiamo parlare del target che deve essere raggiunto questa settimana.»

Il cellulare di Jacqueline vibrò rapidamente. Elenia guardò il suo.

"Se non hai un appuntamento,
possiamo cenare insieme.
Passo alle 9? Non dirmi di no...
voglio farti una sorpresa"

«Jacqueline, passami il report delle vendite di questo mese...»

Sentendo la voce di Elenia in lontananza, Jackie identificò nella sua voce la solita poca pazienza. Mantenne gli occhi bassi ancora per qualche secondo, assente nei suoi pensieri, e istintivamente appoggiò il telefono sulla scrivania. Le parole di quel messaggio le avevano provocato una gioia difficile da contenere.

«Hai bisogno di un caffè, Jacqueline? Oggi sei distratta.»

Il tono burbero e pungente con il quale Elenia rifece la domanda fu ciò che riportò l'assistente alla prima riunione con tutte le dipendenti della Solo Lettere riunite.

Elenia notò che Jacqueline era ancora a testa bassa. Era così felice per quello che aveva appena letto che non guardava negli occhi della donna sagace che era la proprietaria, ché avrebbe subito intuito che stesse succedendo qualcosa di buono.

«Maria Jacqueline - sei innamorata? Ti sto chiedendo da mezz'ora una relazione... puoi provvedere te o dovrò approntarla io stessa?»

Senza proferire parola, Jacqueline si alzò e con disdegno lasciò un foglio sulla sua scrivania. Elenia lanciò gli occhi all'angolo, guardando il nulla e storcendo la bocca per la durata di un respiro. La sua espressione non era di approvazione, decisamente. Guardava con aria pensosa davanti a sé.

All'improvviso, e senza avvertimento, raccolse le sue cose e comunicò che doveva partire.

«Bene. Probabilmente oggi non tornerò. Jacqueline, se hai bisogno, invia un messaggio. Se è importante, chiama.»

«Ok, ma le ragazze vogliono parlare con te - abbiamo fissato la riunione per risolvere i problemi che loro stanno affrontando con il programma della grafica...»

Elenia fece spallucce.

«Risolvi tu con loro.»

Raccolse alcuni fogli, prese la cartella e la borsa e se ne andò.

Una strada sconosciuta

Di nuovo davanti all'armadio, ma questa volta sapeva perfettamente cosa avrebbe indossato. Questa volta sarebbe stato diverso.

Il freddo della notte aumentava l'eccitazione di Jacqueline nel suo abito nero lungo svolazzante, con spalline finissime e drappeggio, che con la sua scollatura profonda metteva in risalto i suoi seni ben fatti. Gli ampi boccoli dei suoi capelli erano sciolti e profumati; tocchi di profumo esaltavano maliziosamente alcune parti del suo corpo.

"L'ultima sorpresa si è rivelata un disastro assoluto, ma adesso è diverso... lo sento!"

Con un gesto rapido mise il cellulare nella piccola pochette e chiuse la porta. Davanti al palazzo era già parcheggiata l'automobile che faceva tutta la differenza per lei. Salì in macchina e udì il rumore della portiera che Rodrigo chiuse con un colpo gentile, ma deciso, alla sua destra.

«Ti porterò in un posto che amerai. Voglio farti una vera sorpresa.»

Jackie unì le mani, battendole leggermente per la gioia e l'entusiasmo in un gesto rapido.

La macchina iniziò a muoversi e lei gli chiese dove stavano andando.

«Ti piacerà, vedrai... posso dirti solo questo, nient'altro...»

«Allora dammi un indizio, o dimmi una parola che riassuma questo posto per te...»

«Humm... preferisco che tu lo veda, piuttosto. Aspetta un pochino e me lo dirai tu stessa!»

Jackie conosceva bene San Paolo, ma non la strada che Rodrigo stava percorrendo, entrando e uscendo abilmente dalle vie principali e secondarie. Il percorso sembrava ancora più lungo anche a causa del fattore "sconosciuto".

Maria Jacqueline osservava ogni dettaglio cercando indizi, ma il luogo restava irriconoscibile, comunque. Il naturale buonumore del dottore era contagioso e il "mistero", fungendo da *suspense*, rese l'intero percorso divertente.

Quanto più la macchina procedeva, tanto più lei si convinceva di non essere mai stata lì prima. Questa era una delle sue certezze della serata. L'altra era che non le importava dove stessero andando. Bastava stare accanto a Rodrigo.

Guardandolo, Jacqueline notò il modo in cui portava la macchina. Sembrava aver dominio assoluto su di essa; sapeva esattamente cosa fare. Intuì che avrebbe fatto lo stesso con una donna tra le sue braccia. In quel momento lo desiderò ancora di più e non smetteva di guardarlo mentre guidava.

Ad un certo punto le case diventarono più semplici, persino umili, e lei pensò che il luogo misterioso dovesse essere dall'altra parte della città. Poche curve dopo, Jackie aveva perso ogni orientamento. E se questo accade in una città grande come San Paolo, sei veramente perso!

Dopo aver attraversato vie e posti sconosciuti, e superato un lungo muro di mattoni mai visto o notato prima, l'auto parcheggiò in un ampio terreno circondato da alberi. Non era più necessario capire dove stavano andando. Erano già arrivati.

Lei interruppe l'incessante movimento di ricerca di occhi e testa, di un secondo prima, per guardare il viso triangolare invertito scavato dell'addetto del parcheggio car valet che catturò la sua attenzione mentre si avvicinava alla macchina.

Il medico scese dall'auto, consegnò le chiavi al ragazzo mingherlino, passò davanti alla macchina e raggiunse Maria Jacqueline che lo aspettava fuori dalla macchina.

«Porti i tacchi - ti aiuto io...» - e mise il suo avambraccio piegato davanti a lei. Jacqueline sistemò molto più che il suo braccio su Rodrigo.

Quel percorso immerso nella natura li conduceva, tra risate e gioia, ad una costruzione localizzata un po' più avanti. I massetti della stradina d'ingresso avevano lo strano effetto di farla sentire come se stesse camminando tra le nuvole.

La struttura che Jacqueline vide davanti a se non era rettangolare, come i ristoranti, o quadrata come una casa. Possedeva una forma diversa, quasi strana. Poco a poco il corridoio diventò più illuminato.

Camminando lungo questo passaggio non tanto stretto, si avvicinarono a un ampio spazio con un bancone che seguiva l'intero muro che portava al luogo successivo con luci ancora più calde, dove Jacqueline immaginò fosse il salone principale.

Si fermarono per alcuni instanti e, all'entrata di quel locale ovale, il desiderio che la notte non finisse mai la invase completamente. Il suo cuore batteva forte e lei cercò la mano di Rodrigo. Camminarono mano nella mano verso la porta a vetri dove potevano avvistare piccole luci soffuse. Jacqueline strinse amorevolmente quella mano che le dava tanto conforto e protezione. Lui sentì l'affetto e lo ricambiò con uno sguardo, in un sorriso che non aveva bisogno di parole.

Subito dopo lui si affrettò e le aprì la porta; lei, per un attimo, non seppe cosa dire. Le parole non le uscivano più dalla bocca e Maria Jacqueline non si rese conto di aver sbarrato gli occhi con uno sguardo meravigliato e stupefatto. Non sentiva più nemmeno il suo cuore battere all'impazzata.

Jacqueline e Rodrigo erano circondati dalle pareti rustiche di una specie di grotta all'aperto.

I tavolini rotondi disposti all'interno di quello spazio erano illuminati soltanto da candele elettriche leggermente arancioni, applicate alle imperfezioni che la stessa natura aveva foggiato su quelle pareti, creando un effetto magico, quasi irreale. Il mix del contrasto con il cielo blu scuro, macchiato da bagliori che ostinatamente ancora resistevano a quell'ora della sera, spaziando dal giallo scuro al rossastro, era un dipinto i cui colori nessun pittore avrebbe potuto imprimere sulla sua tela.

La cena fu servita tra le mura di quella grotta ovale senza copertura con lo splendore del cielo sotto la luce delle stelle e della luna. L'atmosfera che regnava era quella di una fiaba moderna, del tutto simile a quella in cui la ragazza finalmente trova il suo principe azzurro.

Quando la cena finì, Jacqueline portò Rodrigo a casa sua e l'amore non si espresse solo tra le sue lenzuola di seta grigio chiaro. Jacqueline era completamente innamorata di Rodrigo.

La felicità propria
nelle mani di qualcun altro.
Ancora una volta.

Ora tutto aveva un senso. Tutto sembrava essere dove doveva stare: il sole, illuminando e riscaldando l'intero universo e tutti i cuori con la sua presenza; la pioggia, dispensando cibo e nutrimento a uomini, animali, vegetazione e a tutti gli esseri viventi, cancellando tutta la tristezza dell'umanità; i fiori, come doni offerti quotidianamente che non sempre notiamo, così come i miracoli che accadono nella nostra vita - il miracolo dell'amore vero che appare all'improvviso, senza doverlo cercare. Improvvisamente il mondo cambiò ai suoi occhi.

Rodrigo riportò a Jacqueline la stessa forza interiore e gioia di vivere difficile da contenere di un'adolescente appassionata, inguaribilmente romantica. Questa volta il sentimento non aveva bisogno di spiegazioni perché era più forte di lei stessa. Il medico le aveva restituito il senso della vita e lei, in un inconsapevole scambio, gli consegnò tutta la sua vita.

Qualcosa di molto pericoloso mettere la propria felicità nelle mani di qualcun altro. Anche se queste mani sono quelle di un grande amore.

—∫—

Elenia, da vecchia volpe, in un batter d'occhio capì perfettamente cosa stesse succedendo a Jacqueline, che scelse di non lasciarsi scappare una sola parola sull'argomento. Aveva commesso questo errore quando stava con Tiziano e nei consigli della titolare sentiva qualcosa di strano, per non dire cattiveria. Con il suo animo gentile Maria Jacqueline preferiva pensare che fosse solo invidia.

Un giorno Elenia le diceva che Tiziano era l'uomo che ogni donna avrebbe voluto avere accanto; nell'altro diceva che lei avrebbe dovuto stare più attenta a chi lui frequentasse e a dove andasse e nell'altro ancora che era chiaro che stesse con lei solo per sesso.

Ogni tanto Elenia tornava sull'argomento, esprimendo un'opinione spiacevole. Sebbene i suoi commenti non la ferissero, le causavano sconforto. La turbavano perché un po' la confondevano; forse la sua intenzione era proprio quella.

Più di chiunque altro era Jackie che sapeva come stavano le cose veramente e, anche se il loro rapporto non era così idilliaco come lei avrebbe voluto, non erano affatto incontri di sesso. Più di qualsiasi altra cosa si pentì di averle raccontato del suo rapporto con Tiziano.

Quindi, conoscendo il suo modo di fare in queste situazioni, Elenia non era la persona con cui parlare, in alcun modo. Inutile sprecare energie inutilmente.

Maria Jacqueline non voleva dirle nulla, soprattutto per la situazione che si sarebbe potuta creare all'interno della Solo Lettere, dove il dottor Rodrigo Antonielli non era solo uno scrittore del loro esteso catalogo, ma uno dei più importanti. Ovviamente Jackie si sentiva minacciata dall'ambizione di Elenia, che senza dubbio non avrebbe permesso intromissioni nei suoi profitti per quello che, con molta probabilità, avrebbe definito "passione fugace", se lo avesse saputo.

La seconda presentazione del libro di Rodrigo sarebbe stata realizzata a Campinas. Giacché l'evento si sarebbe tenuto nella sua città natale, la serata avrebbe avuto tutti i requisiti per essere anch'essa molto proficua. Elenia chiese a Jacqueline che la rappresentasse per dare all'avvenimento l'importanza che meritava. Dato il successo di vendite che stava ottenendo, tutto ciò che si riferiva a "Il gusto del mangiar sano" nella Solo Lettere era prioritario.

Pensando di seguire lo schema adottato con tanto successo a San Paolo, Jacqueline propose a Rodrigo il luogo che le sembrava essere il più appropriato per la serata. Il medico ascoltò la sua proposta distrattamente e le comunicò con indifferenza che aveva già organizzato tutto in un altro posto - questa volta, la riunione si sarebbe svolta all'aperto, precisamente nel giardino di una villa con ampia piscina. Strano, però, che lui avesse già organizzato tutto senza avergliene parlato.

Il fatto non passò inosservato a Jacqueline che, tuttavia, non volle mostrarsi turbata. Pensò, ingenuamente, che il locale fosse stato concesso attraverso qualche scambio di favori tramite quel politico importante, suo amico, o per mezzo di altri contatti. Dopotutto, Rodrigo era un medico conosciuto e influente. Ma s'ingannava.

Passata una settimana dal primo incontro da sogno, Jacqueline e Rodrigo non si erano più visti. Che il dottor Antonielli fosse molto impegnato, questo lei già lo sapeva. Tuttavia stava accadendo qualcos'altro che non riusciva a spiegarsi.

C'era qualcosa di strano nel comportamento del suo ragazzo che Jacqueline non era in grado di decifrare. La relazione era ancora troppo recente per definirlo in quel modo, ma era così che lei lo vedeva; era ciò che lui rappresentava nella sua vita. Per lei Rodrigo era suo e non riusciva ad agire o pensare diversamente, nonostante i sottili tentativi da parte del dottore di allontanarla.

I sentimenti erano molto diversi per Jacqueline, che sapeva molto bene quel che voleva: lei voleva Rodrigo nella sua vita. Perciò, non riusciva a capire perché lui ancora le tenesse alcune porte chiuse. Ma non insisteva. Voleva essere comprensiva, per quanto soffrisse ogni volta che Rodrigo le impediva di donarsi come lei desiderava.

Per un po' pensò che il motivo fosse la rapidità con la quale tutto era cambiato anche nella vita del dottore. In fin dei conti, lui era diventato più noto a causa del considerevole successo del suo libro, che gli aveva dato ancor più riconoscimenti e importanza nel suo lavoro, e viceversa.

Con quasi mille copie vendute soltanto nella prima serata di autografi, il successo del titolo fu davvero inaspettato per tutti. Soprattutto per Elenia che, dopo aver approvato la traduzione del libro in inglese (allora nelle fasi iniziali di preparazione), cominciò persino a scherzare e a parlare in modo rilassato con le sue dipendenti. Sorrideva, addirittura, anche senza aver tanti motivi per farlo.

Jacqueline era certa che tutti questi cambiamenti avessero influenzato e in qualche modo modificato il suo rapporto con Rodrigo. I suoi impegni erano davvero incessanti anche a causa delle sue periodiche partecipazioni ad un programma in onda di mattina su un'importante emittente televisiva nazionale.

Ma non era solo questo che la preoccupava. In mezzo alla gioia di questi cambiamenti c'era pure un misto di malinconia e ansia per il comportamento del medico e, di conseguenza, nelle sue reazioni, che lei percepiva come se ancora non si sentisse pronto per una nuova relazione. E decise di aspettarlo.

Talvolta ricordava la conversazione avuta con Veronica, quando la sua migliore amica le aveva detto che lei avrebbe dovuto cambiare, altrimenti la lezione si sarebbe ripetuta fino a quando non fosse uscita da quell'energia/frequenza/vibrazione. Con tutto l'amore che sentiva per Rodrigo "la mia energia sarà pure cambiata", immaginò. "Meglio non pensarci."

Jacqueline non voleva mescolare "energie" brutte con quel sentimento tanto puro quanto raro nella sua vita fino ad allora. Ma qualcosa turbava Rodrigo. E su questo lei non aveva alcun dubbio.

Il successo continua

La notte degli autografi stava ottenendo gli ottimi risultati sperati, sebbene in proporzione minore rispetto a quello che era stato ottenuto a San Paolo, a causa delle dimensioni delle due città.

Jacqueline era di nuovo seduta al tavolo con l'autore, il dottor Rodrigo Antonielli. Questa volta non c'era Elenia con la sua pelliccia.

Fondamentalmente tutto si ripeteva: di nuovo tanti invitati, molte persone interessate all'evento e ad approfittare della situazione facilmente riconducibile ai propri benefici, di ogni tipo e grado.

C'era chi cercava maggiori conoscenze e opportunità per il proprio lavoro, chi tentava la scalata sociale o, semplicemente, doveva mantenere la distinzione sociale raggiunta dopo tanti impegni e alcuni "sacrifici" non direttamente riferiti al medico autore, in quella specie di "rete di favori", che in un modo o nell'altro coinvolgeva tutti perché era necessario donare per ricevere.

Non mancava nemmeno il gruppo di donne che circondavano

lo scrittore per fini diversi. Tutto uguale, rispecchiando ciò che era già accaduto a San Paolo.

—∫—

Lo champagne fu servito mentre l'autore firmava le copie alle numerose persone in attesa della sua dedica e firma sulla prima pagina del libro. Jacqueline prese un flûte per portarlo a Rodrigo. Camminando nella sua direzione vide che non era solo. Conversava casualmente con un gruppo d'invitati e notò quella donna ancora al suo fianco.

Era una donna elegante. Jacqueline avrebbe detto persino di classe. Il suo vestito beige chiaro, lineare, senza grandi scollature o stravaganze, le conferiva un esclusivo effetto elegante sul suo corpo snello. La raffinatezza della sua pelle bianca le fece pensare che fosse una persona importante negli ambienti sociali di Campinas.

"Impossibile essere così bianca - ma questa non prende mai il sole?" Il dubbio di Jacqueline rimase nella sua mente, oltre al tormento nel cuore per quella presenza insistente al fianco del suo ragazzo.

Senza farsi intimidire dalla donna raffinata, porse il flûte a Rodrigo che lo prese senza darle tanta importanza. Al contrario, guardò solo il bicchiere, evitando il suo sguardo. Per togliersi da quel certo imbarazzo, il medico disse la prima cosa che gli venne in mente.

«Louise, ti presento Jacqueline - Maria Jacqueline Pellegrini. Lei è più che una conoscenza, in effetti...»

Il cuore di Jacqueline batté più velocemente.

"Quest'uomo è veramente incredibile! Mi presenterà come la sua ragazza? Qui? Adesso?!"

Visto che le persone credono in ciò che vogliono credere, o molto peggio, - commettono lo sbaglio di mettere il proprio modo di ragionare e agire nella mente delle altre persone - la gioia dell'assistente durò solo il secondo nel quale formulò questo pensiero, un vero sentimento.

«...lei è l'assistente editoriale della casa editrice Solo Lettere» precisò. «Jacqueline, Louise Bresson, una... amica... lei che ci ha reso disponibile questo giardino incantevole...»

«Piacere, signora Louise.» Il sorriso le era sparito dal viso. «Molto bello, in effetti» Maria Jacqueline guardò Rodrigo di sottecchi.

"Deve essere francese', pensò. 'Come non essere raffinata con questo nome..."

«Mi fa piacere sapere che Rodrigo abbia il sostegno del suo editor», rispose l'eterea invitata. «Lui se lo merita...» e, guardandolo con sorriso inequivocabile, appoggiò delicatamente la mano sul suo braccio.

Il gesto di Louise lasciò Jacqueline confusa, non solo perché lei era il tipo di donna che metteva tutte le altre a disagio.

«Siete amici, allora...?» - Jacqueline alzò un sopracciglio, guardando prima quella conoscenza del medico e dopo il fidanzato, fissandolo. In realtà era più che una semplice domanda. Chiedeva una spiegazione. Notò la mano di Louise ancora appoggiata sul braccio del medico.

«Vuole dello champagne, Louise?» Jacqueline le avvicinò il proprio bicchiere in modo tale che la francese raffinata togliesse la sua mano dal braccio di Rodrigo.

«No, grazie. Beh, in realtà siamo amici, diciamo, da un po' di tempo...» guardò l'assistente con disdegno con un sopracciglio arcuato.

«Il mio ex-marito era il direttore dell'ospedale Sirio-Libanese. Fu così che ci siamo conosciuti. Loro erano molto amici» obiettò, anticipando Rodrigo, pronto a replicare qualcosa. «Ora lui è a Boston. Ha ricevuto una proposta di lavoro al Massachusetts General Hospital.»

«Ah...» fu l'unico monosillabo che Jackie riuscì a pronunciare.

«Amici *importanti*, non è vero Rodrigo? E che onore per suo marito, Louise...» Si avvicinò al medico e, imitando quel gesto, gli toccò il braccio.

«Sono divorziata, cara. *Ex*-marito. *Ex*-marito...»

«Ti sono riconoscente per la tua ospitalità, Louise, e sono sicuro che anche la Solo Lettere ringrazia...» ribatté Rodrigo. Voleva smorzare l'imbarazzo creatosi tra le donne.

«Certo, Rodrigo, ma questo è già chiaro a tutti» confutò Jacqueline. «Noi tutti ringraziamo la sua ***bontà***, Louise...»

«Potete realizzare qui quante serate volete di incontri con l'autore. Rodrigo già lo sa, non è vero, mio caro? Lui ha tutta la mia casa e questo meraviglioso giardino a sua completa disposizione.» Sorrise al dottore con tutto lo splendore che la pelle di porcellana del suo viso poteva permettere. «A proposito, la prossima volta porta pure Argos. Qui c'è molto spazio e lui potrà correre e giocare a volontà mentre sorseggiamo il nostro champagne. È un cagnone adorabile, incredibilmente intelligente... anche lei lo conosce, per caso?» chiese, rivolgendosi a Jacqueline con la testa leggermente sollevata in un'espressione di superiorità.

«Non ancora. A quanto pare sono l'unica qui a non conoscerlo.»

Rodrigo approfittò del minuto di silenzio e si diresse al tavolo delle bevande per disfarsi della tensione creatasi tra Jacqueline e Louise con la scusa di appoggiare il proprio flûte. Trovò una coppia di amici e lì rimase, lontano dalle due donne. Vedendolo parlare, anche Jacqueline si allontanò.

Una sola domanda occupava tutti i suoi pensieri.

"Cosa ho sbagliato questa volta?" si chiedeva ad alta voce, senza poter evitare le lacrime che stavano arrivando ai suoi occhi.

Si ricordò dell'amica Veronica. La storia si stava proprio ripetendo? Sembrava di sì...

Maria Jacqueline si diresse a quello stesso tavolo dove era stata tanto felice fino a qualche instante prima. Infilò rapidamente le sue cose nella ventiquattrore e, tenendola per mano, alcuni secondi dopo era davanti a Rodrigo con la sua borsa in spalla.

«Ma vai via? Jackie... aspetta...» Anche il suo viso era contratto.

«Non sento questa necessità, Rodrigo. Non vedo perché debba aspettare qualcos'altro... ho già visto e sentito abbastanza - più di quanto volessi. Ho già fatto la mia parte professionale nella tua presentazione. Non hai più bisogno di me.»

«Non è come pensi. Dobbiamo parlare. E non puoi guidare sola a quest'ora!»

«Mi farà bene. Devo concentrarmi su qualcosa. Devo mettere la testa a posto e tu devi tornare dai tuoi invitati. Torna pure dalla tua amichetta francesina importante... adesso non hai più nulla che te lo impedisca.»

«Ma lei è solo una conoscenza... un'amica...»

«A me sembra che tu abbia troppe *amiche*...»

Rodrigo le si avvicinò solennemente.

«Jacqueline, ascoltami - non c'è nulla con lei. Stai solo confondendo le cose...»

«Secondo te io sto confondendo le cose? Pensi davvero che sia io a confondere tutto? Per piacere, Rodrigo... non ho bisogno di sentire i tuoi pareri. Ho solo bisogno di andarmene.»

«Ora sei stanca e non riusciremmo ad arrivare da nessuna parte con questo tuo fraintendimento. Vai a casa e dopo ne parleremo, ma stai attenta; sei stanca e triste per guidare per molte ore. Può essere pericoloso. Mandami un messaggio quando arrivi.»

Le costò dello sforzo restare lontana dal medico senza abbracciarlo. Jacqueline lasciò il suo sguardo posato nei suoi occhi cercando di capire qualcosa in più della situazione. Senza proferire una sola parola in più, si girò e se ne andò.

Rodrigo Antonielli aveva appena fatto la diagnosi corretta della situazione: Jacqueline era molto triste.

Tanto che non si accorse nemmeno della forte pioggia che colpiva il finestrino della sua auto. Guidava automaticamente, rivedendo le scene di Louise e Rodrigo insieme in un susseguirsi d'immagini.

Dopo un'ora e mezza di viaggio, dove poco vide del percorso, della pioggia battente o delle macchine che la sorpassavano, entrò in casa con in mano la piccola borsa dove aveva sistemato tutto il necessario per trascorrere il primo fine settimana a casa del suo fidanzato.

Sei solo?

– Quando un uomo è onesto ti dice in faccia cosa vuole da te e cosa sta cercando. Ma se qualcuno risponde "solo il cane" quando gli domandi "chi ti aspetta a casa", tu, cosa capisci? Che lui sta solo, giusto? Allora perché si è dimenticato di dirmi questo piccolo dettaglio - che ha una ragazza con una bellissima casa con una piscina enorme mentre si diverte a passare del tempo con le donne incaute che, per loro sventura, s'incrociano con lui sulla stessa strada?»

«C'è qualcosa che non va in tutto questo, Jackie.»

«Certo che c'è! Non mi ha detto che si vede con la francesina raffinata. Tutto qui. Ma se lui stava cercando soltanto una concubina, poteva almeno avvertirmi, no? O è chiedere troppo, secondo te?»

«Prima di trarre conclusioni, aspetta. Non gli hai ancora parlato...»

«Non so nemmeno se voglio farlo o se lo farò...»

«Finirai per incontrarlo, prima o poi. Il suo libro è edito dalla casa editrice dove ti sfianchi ogni giorno. Non puoi nasconderti per sempre.»

«So che lo rincontrerò, ma per ora non voglio neppure vederlo»; fece spallucce.

«Non riuscirai a lasciare tutto com'è. Chiamalo...»

«Chiamarlo? Io? Lui, piuttosto! Bastava dirmi che stava cercando qualcuna con cui passare la notte e io avrei deciso cosa farne. Avremmo evitato situazioni spiacevoli per entrambi e io avrei pure evitato una situazione già vissuta e rivissuta che, in realtà, stavo facendo di tutto per evitare che accadesse di nuovo.»

«Dovete parlare, Jacqueline. Lui non ti avrebbe portata in quel luogo stupendo se fosse stato solo per sesso.»

«Voleva impressionarmi... boh, non lo so, Veronica. So solo che dopo Tiziano pensavo di aver trovato la giusta direzione nella mia vita. Credevo di aver chiuso questa ruota senza fine di delusioni.»

«Ti cercherà, sono sicura. Cosa farai? Hai coraggio di chiudere tutto?»

«Perché? Abbiamo iniziato qualcosa? O io ho iniziato qualcosa che era solo nella mia mente? Vale la pena convincerlo a tornare da me? Neanche rispondo a questa domanda...»

«Non dimenticare che la ferita che ti hanno causato non è colpa tua, ma è tua responsabilità quello che ne farai.»

«Ero certa di aver trovato l'amore della mia vita e il "con questo sarà diverso". Pensavo finalmente di poter vivere la mia vita in un modo quasi normale, diciamo...»

«Il "quasi normale" che dici è una situazione in cui dobbiamo impegnarci ogni giorno affinché sia a nostro favore. Nessuno è felice o si sente completamente felice della propria vita. Soffriamo sempre per amore - per qualcuno che non ci ama, che ci ha lasciato o che non vuole lasciarci. Se siamo single pensiamo che sia perché nessuno ci vuole, e ci manca qualcuno. Se siamo sposate, la routine logora la vita di coppia, ma socialmente siamo tranquilli perché la società ha imposto che l'essere umano debba stare accompagnato per essere identificato come membro del proprio clan.»

«Perché è tutto così complicato?»

«Non lo so, ma so che tu devi cambiare il focus. Esci da questa energia che attrae proprio quello che non vuoi per te e per la tua vita. Prenditi cura di te stessa. Ama te stessa prima di ogni cosa, e solo allora cerca qualcuno da amare.»

«È l'unica cosa che posso fare in questo momento, anche perché non voglio pensare a niente né a nessuno. Solo a me stessa.»

«Giusto, così ti voglio... ma se è vero che inizierai a pensare solo a te, non ti dimenticare di questa tua amica qua, eh...»

«Tu non c'entri. Non potrei stare senza le tue rotture che chiami consigli! Dai... ora vado. Voglio dare una ripulita, ascoltando la radio tra panni e detersivi senza lacrime. Spero! Dopo mi faccio la doccia, mi lavo i capelli, mi rinfresco la testa e tutto tornerà (quasi) normale, credo.»

«Ci sentiamo e ci incontriamo. Ma ritrova te stessa per prima...»

La paura nella notte

Jacqueline si svegliò nel cuore della notte. Ancora intontita dal sonno, non era abbastanza lucida per comprendere se quel senso di oppressione al petto fosse solo troppa stanchezza o un malessere importante. Accese la luce e provò una grande paura. Sembrava che stesse vivendo i minuti prima dell'emergere di un problema di salute piuttosto serio.

Gradualmente distinse e identificò ciò che sentiva perché solo allora ricordò di non aver mangiato nulla dalla colazione. Era fame.

Prese la mela che cominciava a marcire nel cesto della frutta sopra il tavolo e diede un morso, senza voglia e ancora spaventata. Il silenzio e l'oscurità della notte le amplificavano la paura. La solitudine si presentò con tutta la sua forza. Desiderò che la luce del giorno illuminasse tutto quel buio al più presto e portasse via quella sensazione d'impotenza che le stringeva anche l'anima.

Tutto ciò che stava vivendo era recente. Tristezza, solitudine, cicatrizzare le ferite rimaste, recuperarsi. Compresa la necessità di dover abbandonare il palco e spegnere le luci, con il sipario che si abbassava ancora una volta, era molto recente.

Anche dopo le due settimane successive all'evento di firma-copie di Rodrigo, Jacqueline continuava con la stessa sensazione d'incredulità e delusione di quella serata. I giorni passavano, ma non la tristezza.

In quel momento non voleva pensare a niente. Quando il giorno fosse spuntato, lei avrebbe ripreso la sua vita e sarebbe stata in grado di riorganizzare i suoi pensieri. La paura non è mai stata un buon consigliere, tanto meno alle tre del mattino. Difficile pensare di riconquistare la propria vita a quell'ora. Certi momenti nella vita sembrano essere una notte eterna.

Jacqueline aveva letto e sentito molte volte che il momento più buio della giornata sono i minuti prima dell'alba. Il sole non avrebbe fallito nella sua missione, però le sembrava difficile solo pensare che sarebbe ricomparso. Difficile credere che in poche ore sarebbe tornato con la sua immensa luce illuminando e riscaldando un altro giorno.

Voleva chiamare Rodrigo, ma non era il momento giusto, e non perché fosse troppo tardi. Voleva chiamare Veronica, ma avrebbe svegliato anche suo marito.

"Meglio leccarmi le ferite da sola come ho sempre fatto in passato, senza irritare le mie amiche perché non ho altro da dire - se non ripetere quello che lui mi ha fatto, per tante di quelle volte, fino a capire che non me lo meritavo. Non voglio diventare una persona amareggiata per ciò che mi ha fatto. Non vado da nessuna parte in questo modo. Devo concentrarmi su me stessa, nessun altro".

Fu questo il momento in cui Jacqueline decise che veramente doveva cambiare. Veronica aveva proprio ragione. Era necessario uscire da quella sofferenza.

Si era convinta perché si rese conto che il ciclo, diventato insopportabile, le sembrava infinito e stava consumando molte delle sue energie e, soprattutto, il suo tempo nel cercare di riprendersi e ristrutturarsi.

Le parole di Veronica non le uscivano dalla mente e ripensò, soprattutto, quando l'amica le diceva che il primo passo verso il cambiamento vero era uscire da quell'energia negativa, frequenza e vibrazione nella quale spesso si ritrovava.

Maria Jacqueline avrebbe dovuto riformulare il tutto veramente se voleva cambiare per ricominciare, perché quello che voleva cambiare non era un semplice concetto, ma una vera sofferenza. Doveva modificare ciò che era dentro di lei per, solo allora, poter cambiare quello che era fuori.

Come sempre le diceva la sua amica Veronica, "nessuno cambia la propria vita mantenendo gli stessi pensieri e gli stessi atteggiamenti" che, più di una delle sue frasi ricorrenti, era la sua filosofia di vita. Quindi, era proprio vero che doveva cambiare per ricominciare.

"Devo cambiare, aprirmi alla vita, e solo allora posso ricominciare a vivere. Non inizierò una storia a queste condizioni. Neanche posso. Se un ciclo si chiude, quando un amore finisce, è necessario uscirne con anima e corpo. Inutile pensare di esserne usciti e continuare a portare sentimenti negativi. Se i miei dolori non sono ancora guariti porterò tutti i rancori, tristezze e delusioni del passato al prossimo rapporto. Questa non è felicità per nessuno, né porta felicità. Essere felici significa essere leggeri e aperti a ciò che la vita offre e, soprattutto, al meglio che la vita possa offrire. Devo essere pronta per tutto quello che la vita può offrirmi di meglio. Anche l'Amore".

Quindi, Jacqueline era determinata a porre fine a tutto ciò - dubbi, domande e principalmente sofferenze. Doveva uscire da quella strada dalle mille curve che non la stava portando da nessuna parte.

Poiché aveva bisogno anche di un po' di quella pace su cui si era concentrata dall'inizio come il suo punto di partenza, si ricordò dello yoga e pensò che questa pratica potesse aiutarla in quel periodo della sua vita. Lei cercava conforto nell'anima per trovare e riavere un po' di ciò che tutti definiscono serenità, equilibrio e pace interiore. Non aveva deciso di vivere nella sofferenza, nonostante avesse trovato qualcuno sempre pronto a darle una mano.

Non era la prima volta che si avvicinava alla spiritualità. Qualche anno prima aveva iniziato la pratica della meditazione, interrotta per mancanza di tempo, ma che le era rimasta impressa perché ancora conservava il ricordo della pace che questa tecnica le aveva procurato. La vita pulsava in Jacqueline a un ritmo che, per qualsiasi essere umano rasentava il caos totale, e dire che era assolutamente frenetico era solo un eufemismo. Lei passava le sue giornate divisa tra le mille attività che doveva svolgere alla Solo Lettere e le altre mille che progettava, ma che non sempre riusciva a concludere, un giorno dopo l'altro. Non riusciva a stare ferma a lungo.

Quest'accumulo di energia le fece pensare alla necessità di fare qualcosa che potesse canalizzare e dirigere la sua incessante attività fisica e mentale per sfruttare il suo tempo al meglio, come se ciò fosse possibile. Forse, per questo, lo yoga avrebbe potuto aiutarla. Jacqueline unì i due obiettivi e decise di iniziare un corso di yoga con meditazione. Il corso sicuramente le avrebbe fatto bene, per una cosa o per l'altra.

Gettò via le bucce di mela, lavò il coltello, lo mise nel cassetto delle posate e andò a letto, perché era l'unica cosa che poteva fare a quell'ora della notte. Doveva soltanto attendere perché, dopotutto, il sole stava per sorgere di nuovo.

La giornata sarebbe iniziata come tutte le altre, con le ragazze che man mano arrivavano per raggrupparsi intorno alla macchina del caffè in quello che era diventato una specie di rito per la quotidiana dose di caffeina prima dell'inizio del lavoro, se non ci fosse stata quella presenza tanto misteriosa quanto silenziosa.

Il giovane magro, sembrava anche abbastanza alto, seduto al tavolo per prendere un cappuccino da solo senza alcun fremito di nervosismo, creò un leggero scompiglio tra le funzionarie della Solo Lettere. Le donne, incuriosite, sembravano, più che altro, un gruppo di adolescenti di una scuola femminile - lo guardavano, dissimulavano, osservavano e guardavano di nuovo quel ragazzo che, a differenza loro, era piuttosto indifferente ai loro sguardi.

La loro curiosità aumentò proprio a causa della sua impassibilità nei loro confronti. Alternando sguardi e domande nascoste tra un sorso e l'altro di caffè, cercavano di capire o scoprire chi fosse. Nonostante sembrasse giovane, trasmetteva molta sicurezza in se stesso, probabilmente per merito di quell'abito blu scuro indossato con un tocco di discreta eleganza. Non era neppure tanto bruttino; quel viso piccolo gli conferiva un'aria da innocente di grande impatto sul subconscio femminile. Un motivo in più, per tutte, per non allontanargli lo sguardo.

Nella sua calma apparente sembrava un po' agitato. Probabilmente doveva essere un rappresentante con tanti impegni o qualcosa del genere. Le dipendenti immaginavano che fosse lì per parlare con Elenia. E l'arrivo della titolare, qualche minuto prima delle nove, andandogli direttamente incontro, non fece altro che confermare questa loro intuizione.

«Bene. Ragazze, lui è Alessandro» esordì la proprietaria. «Diamogli il nostro benvenuto, perché entrerà nell'organico della Solo Lettere. Sarà il nostro revisore - il primo uomo a far parte della "nuova" casa editrice», annunciò con le labbra allargate nel vano tentativo di dimostrare un sorriso sincero. La sua espressione era più cupa del solito. L'allegria di Elenia durava sempre poco. E il vero motivo della sua contrattazione Jacqueline lo comprese nel successivo commento di Elenia, per mera associazione di fatti.

«Metterò una pillola contraccettiva nel caffè di voi tutte» disse con una risata malvagia. «Non nel tuo, Alessandro. Stai tranquillo. Almeno per ora, ma se metti incinta qualcuna qua dentro, allora lo metterò anche nel tuo!»

"Cecilia ha parlato con Elenia e, a quanto pare, non ha gradito tanto la notizia della sua gravidanza" Jacqueline pensò tra se prima di inclinare la testa all'indietro per bere il caffè rimasto e gettare il bicchierino nel secchiello affianco alla macchina distributrice. Si divertiva a farlo. Centrava sempre, anche da lontano.

Alice guardò l'orologio appeso alla parete e uscì quasi di fretta. Subito dopo la piccola stanza si vuotò rapidamente. Una dopo l'altra lasciò il cerchio formatosi per passare le successive ore a guardare lo schermo di un computer senza alzarsi, così come pretendeva Elenia, che aveva appena abbandonato il sogno di formare un'azienda fatta da solo donne.

«Gli uomini sono più economici e convenienti. Costano meno e, di conseguenza, sono più redditizi perché fanno meno passerelle e, principalmente, non rimangono incinti.»

Parole sue.

—∫—

La giornata iniziò in modo insolito e proseguiva allo stesso modo, con Alessandro sempre accanto a Elenia. "Primo giorno", si poteva pensare. Tuttavia, questo strano avvicinamento non cambiò nei giorni a seguire ed Elenia e Alessandro rimanevano insieme anche durante la pausa pranzo, quasi tutti i giorni. Jacqueline ne era sicura perché lo aveva saputo dalla bocca della titolare stessa - aveva ricevuto la conferma, in forma di comunicato, nel giorno in cui vide la direttrice particolarmente contenta. Il suo comportamento e i suoi sorrisi, falsi, come al solito, molto somigliavano a quelli "gentilmente" distribuiti agli invitati nella prima serata di autografi del dottor Rodrigo Antonielli quando diceva "esco per mangiare con Alessandro".

Sembrava che questo ragazzo avesse sconvolto un po' la routine della titolare della Solo Lettere, oltre che una delle sue abitudini più importanti, la quale tutte le dipendenti oramai conoscevano bene: la sua dipendenza dal cellulare, ora, quasi annullata. Stranamente, Elenia stava più con Alessandro che al telefono.

Jacqueline trovava quella vicinanza un po' strana. Per quanto fosse "amica" dell'editore, loro due non avevano mai pranzato insieme. Non che lei lo avesse mai voluto o che questo la disturbasse nel modo più assoluto. Ma era senza dubbio peculiare il fatto che lei non avesse mai conosciuto qualcuno che sembrasse avere la stessa importanza di Mafalda agli occhi di Elenia.

All'inizio, Jacqueline si sorprese anche che Alessandro parlasse di Mafalda in modo quasi familiare, quasi come se la conoscesse. Poco tempo dopo si accorse che lui era l'unico lì dentro a conoscerla davvero. Alla fine di una normale giornata di lavoro, Elenia, che aveva iniziato a portare Alessandro ovunque andasse, avvertì la sua assistente che entrambi sarebbero andati via prima perché dovevano andare a casa di Mafalda.

"Sarà che lei, sposata, sarebbe interessata a questo ragazzo? Potrebbe essere suo figlio..."

Qualunque fosse il tipo di rapporto, era palpabile la sottomissione di Alessandro nei confronti della titolare. Lui non era un tipo molto estroverso, ma quando parlava con le ragazze, principalmente quelle che lavoravano nel reparto grafica, si mostrava come una persona allegra e addirittura simpatica.

Questione di affinità, chissà, ma accanto alla proprietaria diventava serioso e la seguiva in silenzio, come un'ombra. Questo succedeva spesso, fino a rimanere costantemente al suo fianco. Restava il dubbio, alle dipendenti, se lui annullasse la propria personalità quando era accanto a Elenia o se lei avesse la forza di annullarne il carattere.

A sua volta, anche Elenia cambiava quando era accanto a lui. Cecilia una volta scherzò dicendo che lui la faceva diventare "morbidosa". E era vero. Al suo fianco Elenia Giusti diventava più "umanamente gestibile" e non solo perché lui faceva tutto ciò che lei gli chiedesse. Con la sua obbedienza totale e assoluta, in poco tempo iniziò a soddisfare richieste e ad occuparsi di mansioni che andavano ben oltre le funzioni per le quali era stato assunto.

Di sicuro la proprietaria seppe sfruttare bene le sue caratteristiche personali per la casa editrice, esattamente come faceva con tutti quelli che le erano accanto, d'altronde.

Jacqueline ricordò di aver visto un anello sulla sua mano, anche se non era sicura che fosse di fidanzamento. Lo notò perché, appunto, sebbene fosse sulla sua mano sinistra, era molto particolare. Richiamò la sua attenzione proprio per questa ragione, ma non ricordava se lui già lo portasse quando iniziò a lavorare nella casa editrice.

Le venne in mente questo ricordo perché lei non era l'unica a sospettarlo - i rumors che i due stessero insieme non tardarono ad arrivare, e l'idea che Alessandro fosse il toy boy di Elenia diventò sempre più credibile a tutte in quel rapporto fin troppo enigmatico.

UN ANNO DOPO

Seconda Parte

Nelle fiabe moderne,
le principesse non aspettano più i loro principi azzurri e
neanche fanno più richieste alle fate madrine
perché, la bacchetta magica,
loro ce l'hanno già.
Nelle proprie mani.

Vita nuova

Tutto cambiò. Anche Elenia. Sembrava avesse tagliato i legami con il mondo e con la "competizione leale" per incarnare, definitivamente, il ruolo dell'imprenditrice disposta a tutto pur di raggiungere i suoi obiettivi a qualsiasi prezzo, sempre ben chiari sin dall'inizio.

Il risultato, non solo per Jacqueline, ma per tutti i cinquanta dipendenti che ora lavoravano per la Solo Lettere, senza contare i freelance, per l'ampio catalogo di libri che riempiva gli scaffali di grandi e piccole librerie, era molto diverso dalla casa editrice dove lavoravano solo donne, il sogno originale di Elenia. Adesso la maggior parte del team era composta da uomini, tutti molto specializzati nei propri ruoli, nei loro uffici ubicati in uno dei quartieri più prestigiosi per gli affari di San Paolo, dove era la sede della nuova casa editrice, un posto in cui il metro quadro era da sempre tra i più costosi al mondo.

Alessandro aveva una sala tutta per sé, oltre che una scrivania anche nell'ufficio di Elenia Giusti - lui, che a malapena riusciva a trovare spazio per muovere il mouse del proprio computer quando aveva iniziato a lavorare letteralmente gomito a gomito con la titolare per pura mancanza di spazio. Nella prima sede della casa editrice condivideva la stessa scrivania con la proprietaria, ovviamente non in proporzioni uguali, ma non esisteva richiesta/desiderio che non esaudisse per Elenia, e riusciva a lavorare anche a quelle condizioni.

Dopo l'esperienza di pochi mesi, a tratti traumatica per Jacqueline, fu l'unico a riuscire a condividere l'ambiente di lavoro e avere un rapporto stretto e prolungato con Elenia allo stesso tempo. Perciò, facile dedurre che fosse l'unico anche a sopportarla fino in fondo in tutte le sue sfaccettature.

Jacqueline comprese che non stavano insieme, come tutti pensavano, per una frase che Elenia si lasciò scappare nelle prime settimane in cui il ragazzo aveva iniziato a lavorare nella vecchia sede. Lui le stava tranquillamente raccontando che non aveva visto la ragazza la sera prima ed Elenia gli aveva raccomandato di stare molto attento, perché sicu- ramente lei doveva avere un'amante. Maria Jacqueline sorrise.

Tra le altre cose l'assistente comprese che la sua sottomissione era molto più di quanto potesse mai immaginare quando udì Elenia commentare al plagiato Alessandro:

«La mia inimicizia non uccide, ma ti posso garantire che fa molto male.»

Non era una bugia, una minaccia o uno dei suoi tanti modi di sottomettere il neo-assunto. Diverse volte l'aveva provato Jacqueline stessa, sulla pelle degli altri, con quanta malvagità fosse vera quest'affermazione.

L'evidente sottomissione del ragazzo, ormai esplicita, trasformò lo stato di totale rassegnazione della sua personalità in uno stato di complicità totale. Forse gli mancava il carattere, o probabilmente viveva in una condizione agiata che non sarebbe riuscito a mantenere solo con il suo stipendio. Viveva sicuramente meglio, ovvio, ma in cambio della sua libertà. Senza dubbio gli andava bene così, anche perché, adesso, avendo il suo ufficio personale, era lui l'unico dipendente ad avere un computer bianco tanto grande quanto quello dell'editore.

Elenia non pretendeva la lealtà totale dai suoi collaboratori più vicini. La esigeva, trasformandoli in suoi seguaci. Alessandro era uno dei suoi, sicuramente il più fedele, altrimenti la proprietaria non avrebbe iniziato a pagargli anche le spese personali come benzina, abiti e camicie per riunioni e incontri lavorativi, cene di ogni sorta, tagli di capelli dal suo parrucchiere di fiducia (di Elenia) e addirittura l'affitto di casa. Quello che lui doveva fare in cambio, a Jacqueline non interessava, veramente. Lei non si sarebbe mai venduta, almeno fino a quel punto.

Dopo un anno dall'apertura, Elenia trasferì la sua azienda in un edificio di nuova costruzione, trasformandolo in un ufficio di lusso dotato di tutti i comfort che solo la più alta tecnologia poteva offrire.

La Solo Lettere adesso vantava un catalogo degno di una grande casa editrice, risultato anche dell'instancabile lavoro di Jacqueline.

Il catalogo fu notevolmente ampliato con opere che spaziavano dai libri di gastronomia, cucina e ricette, iniziati con l'esperienza di grande successo del dottor Rodrigo Antonielli - ramo che si dimostrò molto redditizio - ai libri ancora in fase di sperimentazione per adolescenti, fortemente voluti da Jacqueline. La formazione dei lettori non era nei piani di Elenia, solo in quelli della sua assistente.

Amante dei libri e della lettura, l'assistente editoriale (la occupazione di Jackie era ancora la stessa) riuscì a implementare, presso la casa editrice dove ancora lavorava con tanta dedizione, un segmento per incentivare l'amore per la lettura con quasi totale disapprovazione della proprietaria.

"Perché mai pubblicare libri proprio per chi non li legge?"

Lei non capiva il motivo per il quale avrebbe dovuto investire il suo tempo, e principalmente il suo denaro, in questo progetto - ambizioso, per Jacqueline, infondato per Elenia.

Le ore di riunioni per trattare il motivo per il quale avrebbe dovuto accettare di sprecare inutilmente le sue risorse finanziare furono tante. Ma finalmente ci fu un periodo di vere riunioni di lavoro, dove Elenia cedette all'idea di Jacqueline non senza poche obiezioni perché l'assistente le promise dedizione totale nel lavoro di pubblicazione di libri per bambini e adolescenti.

Secondo l'imprenditrice, sarebbe stata una collana destinata a fallire a prescindere, perché non avrebbe venduto, pertanto, non aveva il suo perché, come amava dire, investire per chi i libri non li legge. Non sarebbe stata redditizia e la meta di Elenia era pubblicare esclusivamente ciò che vendeva o avrebbe potuto vendere. Bene.

La proprietaria della Solo Lettere cercava sempre e solo numeri, anche nella quantità di libri che mensilmente inseriva nel mercato con scarsa qualità, conseguentemente, la sua assistente era spesso costretta ad avviare pubblicazioni che non sarebbero mai state realizzate, nella sua opinione. Questo fu uno dei principali motivi di delusione nel suo lavoro.

Alla fine, quel progetto venne riorganizzato per assecondare i timori di Elenia, che chiese all'assistente di creare una linea separata per ragazzi, in modo che i libri avrebbero potuto essere elaborati e pubblicati senza compromettere il successo che la casa editrice aveva raggiunto fino ad allora.

«La Solo Lettere è una casa editrice seria e rispettata. Non può permettersi di produrre libriccini che rimarranno invenduti o che cadranno nell'oblio. Questo sarebbe un danno d'immagine e reputazione allo stesso tempo.» Il suo modo di agire, rispetto a come ragionava, era una delle sue poche espressioni di coerenza.

Contrariamente a quanto pensava la titolare, la linea ebbe un timido inizio redditizio senza mai diventare, però, l'etichetta indipendente all'interno della Solo Lettere, come tanto avrebbe voluto Jacqueline. I veri motivi di questo compromesso per Elenia erano altri.

Quello che era successo, in realtà, poco aveva a che fare con i libri. Elenia, molto titubante, convenne sull'iniziativa dell'assistente perché credeva in lei e nei suoi progetti, senz'altro; il successo delle sue intuizioni e del suo lavoro dentro la Solo Lettere era innegabile.

Nonostante ciò, negli ultimi due mesi, Jacqueline si mostrava molto meno connessa con il suo lavoro. Conoscendo e vedendo molte cose relative alla crescita dell'azienda, su cui non era affatto d'accordo, spesso rimaneva delusa e insoddisfatta.

Poiché tutto nella vita di Elenia aveva un prezzo, decise di accettare e pagare il prezzo della realizzazione di questo segmento che non era affatto nei suoi piani. Perché non era la prima volta che vedeva l'assistente allontanarsi seriamente dal suo lavoro, la direttrice pensò di motivarla accettando la sua proposta solo in parte.

L'etichetta sarebbe stata teoricamente avviata, ma lei non avrebbe investito un centesimo vero. Era meglio lasciare Jacqueline pensare che il ramo avrebbe avuto un futuro piuttosto che vedere l'anima della Solo Lettere insoddisfatta e poco operante per qualche tempo; almeno finché lei si fosse sentita motivata di nuovo.

In effetti, non passò tanto tempo perché Elenia tagliasse i fondi e la linea di libri per ragazzi fosse definitivamente abolita all'interno della casa editrice.

Quella volta la proprietaria della Solo Lettere non accennò una sola parola di questa vicenda a Mafalda.

Ma ci pensò.

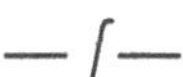

Qualche giorno prima della fine del congedo di maternità, Cecilia andò a trovare le colleghe, orgogliosa, con la sua neonata tra le braccia. Sarebbe ritornata al lavoro la settimana successiva. Nell'incontrarla, Elenia non perse l'occasione per distribuire un'altra delle sue "perle".

«Non avresti potuto fare una figlia più bella di questa. Ora che hai fatto la bambina più bella del mondo», bellissima per davvero, «dimentica di darle un fratellino e torna subito al lavoro.»

Cecilia Menegheli ritornò, ma fu licenziata poco dopo il rientro per aver prolungato per altri tre mesi il suo congedo di maternità. La bebè nacque con un'allergia al latte materno e piangeva notte e giorno.

Dopo un lungo periodo di sofferenza per madre e figlia tutto si risolse, ma la proprietaria non la perdonò. Così Cecilia tornò a casa, disoccupata, con una bambina, la sua più grande paura.

Senza avere un valido motivo per licenziarla, Elenia, per mano di Enrico, aveva violato un suo progetto realizzato al computer, sostenendo che *lei* avesse effettuato un atto di sabotaggio.

Non c'era niente che Cecilia potesse fare per riavere il progetto originale o per dimostrare la sua innocenza. Elenia le chiese di presentare le proprie dimissioni in cambio del suo "silenzio".

All'inizio Cecilia dissentì perché sapeva di non aver fatto nulla di male o di sbagliato, ma alla fine dovette accettare quella richiesta assurda dopo che la direttrice esecutiva (ora lei stessa usava solo questo termine in tutte le situazioni) le ribadì che altrimenti sarebbe stata costretta a rivelare a tutti nel mercato del lavoro il "vero motivo" per cui lei era stata licenziata. Essendo una donna con molte conoscenze, a Cecilia non restò che licenziarsi.

Alla fine della "amichevole conversazione", Elenia si accomiatò dicendole che aveva fatto la scelta giusta, l'unica che avrebbe potuto fare veramente, e che era convinta che le sarebbe stata grata per tutta la vita per non aver voluto danneggiare la sua carriera.

Maurizio fu assunto per svolgere il lavoro di Cecilia, ma lavorò solo per un breve periodo a causa della sua totale incompatibilità con le idee e, soprattutto, con la personalità dell'editore.

Lui diede inizio a un numero infinito di assunzioni ed esoneri all'interno del Gruppo Solo Lettere, con i dipendenti che entravano e uscivano dall'azienda per motivi simili ai suoi (praticamente la maggioranza) o per l'impossibilità di seguire le dispotiche regole di lavoro, prive e al di fuori di ogni schema di sana obiettività e buon senso. Era difficile lavorare con il personaggio in cui Elenia si era trasformata.

In tutto questo tempo, solo una cosa non era cambiata: il libro del dottor Rodrigo Antonielli continuava a essere una delle opere più importanti della casa editrice e fu tradotto in inglese, italiano, spagnolo e francese e, a breve, sarebbe stato pubblicato anche in tedesco. L'avidità di Elenia nel tentativo di raggiungere cifre esorbitanti di guadagno, non aveva limiti.

Sebbene avesse già conquistato una buona fetta del mercato internazionale, il medico non stava divulgando la sua opera come Elenia desiderava. Lui era *anche* un autore, ma non soltanto uno *scrittore*. Il dottor Antonielli non avrebbe mai abbandonato i suoi pazienti per vendere libri.

L'annullamento dei vari impegni per la divulgazione del suo libro all'estero, già programmati e alcuni addirittura fissati, causò molte incomprensioni e disappunti in Elenia, impotente nei suoi tentativi di convincerlo. Ad ogni modo, il suo "Il gusto del mangiar sano" superò veramente l'aspettativa di successo di Jacqueline e di tutta la Solo Lettere, trasformandosi in uno dei libri più rinomati del suo genere sul mercato.

Il lavoro di Jacqueline rimase sostanzialmente lo stesso, ma lei non era più la responsabile di ogni reparto come qualche tempo prima. La casa editrice, diversificata e ramificata, contava vari settori e reparti, ognuno con il suo diretto responsabile. Jacqueline continuava ancora a selezionare i manoscritti che si trasformavano nei libri che la Solo Lettere incessantemente inseriva sul mercato.

Ciò che era cambiato, per lei, era il suo modo di affrontare la vita.

Da quando Maria Jacqueline aveva voluto riiniziare una nuova fase della sua vita, imparò anche a non essere crudele con se stessa, il che includeva anche il non procurarsi alcun tipo di auto sabotaggio. Riuscì a intravedere l'incredibile quantità dei "terribili trucchetti che la mente crea contro se stessa" e che le persone si infliggono involontariamente.

Con più pace nel cuore e nella mente iniziò a percepire persino che il ritmo dei suoi giorni era ben diverso perché *lei* era diversa. Restare più tempo concentrata nelle proprie attività le dava modo di non disperdere energia inutilmente. Diventò più organizzata anche nel suo lavoro, riuscendo a gestire meglio le molte occupazioni ancora sotto la sua responsabilità. Il caos che prima abitava in lei, che sembrava essere il suo ***modus vivendi***, ora era solo un ricordo.

L'equilibrio che riuscì a trovare quasi con facilità le fu molto utile anche quando Tiziano la cercò per parlare. Lui, all'epoca, aveva iniziato a convivere con la ragazza conosciuta da poco e incinta. Apprese la notizia quando lui stesso, in preda al panico, chiamò Jacqueline per chiederle consigli. Era disperato. Non si sentiva pronto a mettere su famiglia, figuriamoci a diventare padre da un giorno a un altro - anzi, fra sei mesi e mezzo, precisamente.

La chiamò in una soleggiata domenica mattina. Maria Jacqueline si stranì dell'orario perché, quando stavano insieme, Tiziano sarebbe stato senz'altro ancora a letto a dormire a quell'ora. Dopo il quasi spavento, e sorpresa con tanto di sgomento per la chiamata, Jacqueline rimase in un silenzio sprezzante, lasciandolo parlare. Lei non percepiva più alcuna familiarità in quella voce che le sembrava addirittura pressappoco estranea.

"Chissà se è rimasto il solito egoista..." pensò.

Ascoltò solo alcune parole in più e sorrise. Si rese conto che Tiziano non era affatto cambiato.

Lei ancora conservava un mezzo sorriso sulle labbra quando

lui, alterato e quasi esasperato, imprecò affermando con veemenza che non avrebbe retto quella situazione di standard prefissati dalla società troppo a lungo. Altro che spirito libero! Lui si autodefiniva uno spirito avventuriero, e pannolini e biberon non facevano parte dei suoi standard, creati da lui stesso o dalla società.

Jacqueline sorrise di nuovo. Nemmeno un figlio avrebbe cambiato quella persona egoista, a tratti irresponsabile. Con l'arrivo della loro creaturina, la vita gli stava dando un'opportunità per diventare l'uomo maturo che non era riuscito a essere fino ad allora. Senza voler sapere se lui avrebbe approfittato di questa bellissima *chance*, una domanda le venne in mente spontaneamente:

"Ma come ho fatto a innamorarmi di lui?"

D'altra parte, di Rodrigo Jacqueline non sapeva nulla, né della sua vita o delle sue relazioni, tanto meno di Louise. Sapeva soltanto, tramite i media, che lui era ancora più occupato tra gli ospedali di San Paolo e Campinas, dove già lavorava, diviso tra gli studi nella sua città e quello neo-inaugurato a San Paolo, oltre agli inviti che aumentavano sempre di più per interviste e partecipazioni ai programmi televisivi.

Un giorno se lo ritrovò davanti appena accese la TV. Con inevitabile sconcerto provò a sedersi sulla punta del divano per vedere il programma, ma non riuscì. Era impossibile vederlo senza ricordare i momenti intensi che avevano passato insieme. Spense la televisione subito dopo.

In quel periodo cercò di dimenticarlo senza successo. Forse lo stesso accadde al medico, ché provò a contattarla più volte senza riuscire nell'intento. Però, quel che la infastidiva maggiormente era l'impressione che, per quanto si sforzasse di cancellare i suoi ricordi, rimaneva un filo che in qualche modo la manteneva collegata a lui.

In verità s'incontrarono due o tre volte alla Solo Lettere. All'epoca, Jacqueline ebbe la chiara impressione che la visita inaspettata e senza un vero motivo del medico alla casa editrice fosse solo un tentativo di incontrarla. Dovete ammettere che la sensazione di gioia nel rivederlo e capire che lui fosse lì solo per lei l'accompagnò più di quanto volesse.

Jacqueline smise di pensare al motivo per cui le persone reagiscono in un certo modo. Comprese che non serviva a nulla sapere cosa volessero o intendessero fare con un determinato comportamento o gesto. Non sentiva più il bisogno delle spiegazioni delle persone. Pertanto, quello che Rodrigo avrebbe avuto da dirle non era più nel suo interesse.

Durante la serata di presentazione a Campinas del suo "Il gusto del mangiar sano" lui non stava con lei nel modo in cui Jackie voleva. Sembrava stare con un'altra donna, per come si comportava e per quello che faceva, e per ciò che non fece, principalmente, - il vero motivo per il quale non aveva bisogno di spiegazioni o chiarimenti.

Sapeva di essere radicale pensando in quel modo ma, poiché il suo cambiamento doveva essere netto, lei doveva tagliare i ponti con il passato nello stesso modo. E, nonostante tutto Rodrigo, adesso, era il suo passato.

Ancora non le era così evidente di aver fatto la cosa migliore nel chiudere tutte le porte al medico. Nei primi tempi si rimproverò spesso per questo nelle sue conversazioni mentali (anch'esse più tranquille, ora), supponendo che sarebbe stato meglio almeno sentire quello che lui avrebbe detto riguardo alla presenza di Louise Bresson alla seconda serata di incontri con l'autore. In fin dei conti, era evidente che si conoscevano bene, ma lei soltanto immaginava quanto.

Per la prima volta si rese conto che le frustrazioni nei suoi rapporti precedenti non avevano nulla a che fare con gli uomini che aveva incontrato o amato, ma soltanto con se stessa. Rodrigo fu l'unico che le fece capire qualcosa di semplice, ma molto importante - per trovare il vero amore bisogna, prima, trovare se stessi.

Benché Veronica le avesse detto di farlo parecchie volte, lei non ne avvertì la necessità fino a quando non raggiunse questa coscienza, frutto della sua esperienza. Sofferenza, in questo caso.

In tal modo non impiegò molto tempo per ritrovare l'equilibrio che l'avrebbe fatta sentire diversa. Lo yoga e, in particolare, la meditazione, molto contribuirono a queste nuove concezioni, e per questo motivo entrambi iniziarono a far parte della sua vita.

Un ragazzo speciale

Alessandro non andò a lavorare quella mattina piovosa, fredda e umida.

"Spero abbia iniziato a liberarsi un po' dalle grinfie di Elenia."

Il pensiero di Jacqueline era sincero. Sperava veramente, per lui, che la sua sottomissione non fosse altro che semplice adulazione, cosa che Elenia imparò ad apprezzare molto.

Purtuttavia, quel giorno iniziava una nuova fase per il ragazzo, la cui soggezione per Elenia segnò l'inizio di una strana situazione personale, che decisamente non aveva niente a che fare con la pioggia.

Dopo alcune esperienze infruttuose in altri campi, Alessandro fu ammesso alla Solo Lettere come correttore di bozze (revisore, in generale), settore in cui sarebbe stato il responsabile senza capire alcunché del suo lavoro o di libri, in generale, così come Elenia, d'altronde.

Quel bravo ragazzo entrò nelle sue grazie per le sue grandi ambizioni. La proprietaria trovò in lui alcune confacenti qualità del suo carattere, ricco di potenzialità, come la condiscendenza, una tra tutte.

Così, passò ad agire come se potesse usarlo in qualsiasi modo, momento e circostanza a suo piacimento o bisogno, indipendentemente dal fatto che fosse necessario metterlo nella posizione di spiare concorrenti o persone fuori dall'ambito professionale oppure come autista privato. Elenia aveva perso la patente a causa di tutte le multe ricevute e non aveva alcuna intenzione di recuperarla con i mezzi tradizionali, dato che le sue conoscenze le permettevano di continuare a guidare senza l'abilitazione. Comunque, meglio non abusarne, e lasciar Alessandro guidare le sue belle auto di lusso di tanto in tanto solo per far credere a quelle stesse conoscenze che aveva smesso di infrangere le leggi.

Siccome si cacciava spesso nei guai, aveva bisogno anche di qualcuno che l'aiutasse "da fuori", e Alessandro si ritrovava ad essere una specie di suo avatar in queste occasioni (nessuno ha mai scoperto chi ci fosse dietro a tutto, quando passò a sorvegliare le dipendenti più attive nei loro media, per esempio).

La dedizione di Alessandro verso Elenia divenne incommensurabile e il prezzo dello scambio questa volta fu alto per entrambi. La titolare della casa editrice gli consegnò la chiave di un'automobile quasi nuova affinché lui avesse maggiore autonomia nelle ampie occupazioni del suo *lavoro*. Il giorno in cui lui apparve con la macchina nuova non c'era alcun segno di felicità sul suo viso.

Le ragazze avevano persino commentato il fatto ma Jacqueline non si sorprese. Più nulla la sorprendeva alla Solo Lettere. Ciò che la sorprese, però, fu l'assenza di Alessandro.

Intuitiva per carattere, immaginava, appunto, che sicuramente stesse accadendo qualcosa. E ancora una volta la sua intuizione portò i suoi pensieri nella giusta direzione. Quattro giorni dopo Alessandro ancora non era ritornato alla sua scrivania.

L'avarizia di Elenia le faceva assumere atteggiamenti inimmaginabili anche per se stessa da quando, senza sapere cosa fare della propria vita, due anni prima, aveva cercato un'attività attraverso la quale realizzare le sue aspirazioni. Sì, aspirazioni, perché in realtà non aveva mai voluto creare un'attività commerciale - o qualunque sia il termine tecnico dato a una vera azienda. Lei aveva puntato solo ad ottenere il permesso del Governo, sotto una pseudo protezione della legge, per poter attuare i suoi progetti, con i mezzi e le "risorse" che la caratterizzavano, per aumentare il proprio capitale, il suo unico obiettivo. Il castello aveva la sua facciata ed era quella per la quale poche persone passavano, perché soltanto alcune appartenevano al bunker che era diventata la Solo Lettere.

Dopo due settimane nessuno sapeva ancora nulla di Alessandro. Sembrava essere sparito definitivamente dalla casa editrice, ma il silenzio di Elenia comunicava molto a Jacqueline. L'editore era tutt'altro che discreta. Rivelava tutto quello che ingenuamente le persone le raccontavano, in segreto, della propria vita o di qualcun altro. Dal momento che non si parlava più di lui, Maria Jacqueline era certa che stesse accadendo qualcosa con quel ragazzo particolare.

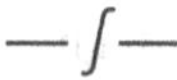

Jacqueline aveva ragione. Il silenzio di Elenia sull'assenza di Alessandro, dopo alcuni mesi, confermava la sua complicità.

Siccome aveva accesso alla maggior parte dei documenti di Elenia, che lasciava sempre le responsabilità più grandi nelle mani della sua assistente, Jacqueline scoprì che la direttrice aveva creato una filiale della Solo Lettere fuori dal Paese. In effetti, trattandosi di un paradiso fiscale, aveva bisogno soltanto della presenza di qualcuno per giustificare l'attività di tale società, il cui comando era nelle mani di Alessandro, il suo avatar speciale.

Entusiasmo

Quando crediamo dal profondo dell'anima in quello che vogliamo, il nostro modo di pensare cambia, alterando anche il nostro comportamento che, di conseguenza, ci farà agire in maniera tale da ottenere ciò che stiamo cercando. I nostri pensieri sono come "bombe" che lanciamo, ancorché inconsciamente. Con pensieri diversi ci sentiamo più forti rispetto al mondo e siamo sopraffatti da una serenità che proviene dalla certezza che nulla può cambiare la nostra fede, il nostro desiderio.

Questa strana forza ci fa sempre prendere le decisioni giuste al momento giusto e, quando raggiungiamo il nostro obiettivo, rimaniamo sorpresi dalle nostre capacità. Niente di più semplice. Siamo stati guidati verso il nostro obiettivo dall'Entusiasmo. Tutta la nostra vita si riassume nei nostri pensieri e nel modo in cui crediamo di essere capaci di affrontare la vita.

Tuttavia, generalmente, lasciamo che l'Entusiasmo sfugga dalle nostre mani nelle piccole cose, che non hanno nessuna importanza di fronte alla grandezza di ogni esistenza. Perdiamo l'entusiasmo a causa delle nostre piccole (e talvolta necessarie) sconfitte. Non sapendo che l'Entusiasmo è una forza maggiore, diretta alla vittoria finale, lo lasciamo sfuggire tra le nostre dita, senza accorgerci che stiamo lasciando sfuggire anche il vero senso della nostra vita. È quando permettiamo che l'entusiasmo ceda il suo posto allo scoraggiamento.

Incolpiamo il mondo per il nostro tedio, per il nostro insuccesso, e dimentichiamo che siamo stati noi a lasciare sfuggire questa forza travolgente, la manifestazione della Realizzazione della nostra Vita sotto forma di Entusiasmo, per tanti motivi: paura di camminare nell'ignoto o l'accomodamento, perché l'abitudine ci condiziona e ha una grande forza su di noi.

Jacqueline stava perdendo il suo entusiasmo nel lavorare per la Solo Lettere. Anche lei si stava abituando ad adattarsi. Benché facesse quello che da sempre aveva sognato di fare nella vita, il suo lavoro smise di essere il futuro che cercava, suscitando in lei minore interesse di giorno in giorno. La disillusione di lavorare per una donna ossessionata dai suoi evidenti propositi di arricchirsi ad ogni costo, finì per superare il suo entusiasmo. Di tutti i cambiamenti importanti, ce n'era un altro che doveva realizzare nella sua vita. Difficile, ma ugualmente necessario per la sua trasformazione.

La disillusione di Jackie per il suo lavoro e per tutto ciò in cui credeva e cercava, e non trovava più alla Solo Lettere, stava condizionando il suo modo di lavorare, prendendo il sopravvento definitivamente. E l'aggravante fu il documento che trovò sulla scrivania di Elenia.

Quando la proprietaria chiese aiuto all'assistente per cercare un documento, consegnando a Jacqueline la chiave del cassetto dove conservava alcuni dei suoi più importanti effetti personali, a causa del suo braccio destro completamente ingessato, non immaginava che proprio quella chiave avrebbe aperto la porta del suo mondo di segreti, facendole trovare un contratto con un timbro blu firmato da un'agenzia con nomi a lei sconosciuti.

Quel documento la incuriosì perché conteneva diversi titoli. Da una rapida occhiata al testo, trovò l'autorizzazione ufficiale della presenza della Solo Lettere a partecipare in un ristretto gruppo di editori per ricevere il diritto di autore di molti libri, molti dei quali importanti opere pubblicate anche a livello mondiale.

Constatò che c'erano alcuni titoli della propria casa editrice e tra le firme Jacqueline riconobbe quella di Enrico Navarro Giusti, l'avvocato della Solo Lettere, nonché marito della titolare, oltre a quella della stessa Elenia Giusti come compartecipante principale del gruppo.

In mezzo alle altre firme sconosciute per Jacqueline, che a malapena riusciva a leggere quel contratto per quanto era spaventata e basita allo stesso tempo, c'era il nome di Muniz Queiroz, avvocato dell'organizzazione, come attestava il documento. Fra tutti, solo un altro nome le era "familiare": Mafalda Ortega.

Con i pochi secondi che aveva a disposizione, affinché Elenia non scoprisse che aveva scoperchiato quel vaso di Pandora, Jacqueline capì subito che il documento si riferiva a una vera e proria organizzazione.

Mafalda. Un nome, molto più presente di qualsiasi persona o dipendente della Solo Lettere. Il nome che più di ogni altro influenzava Elenia di ogni altro, senza mai essere stata al suo fianco. La voce che non aveva una scrivania per lavorare, ma che dava soluzioni ai problemi, prendeva le decisioni più delicate, accoglieva suggerimenti, interveniva con le idee dell'ultimo minuto e che era molto rispettata da tutti. Era invisibile, con "presenza costante", e onnipresente, concretizzando le situazioni più impensate. Nessuno osava contraddire ciò che Mafalda diceva per bocca di Elenia, che con il suo "vado a parlare con Mafalda" portava una decisione certa e inconfutabile. Mafalda. La mente dell'organizzazione con il contratto dal timbro blu.

Jacqueline non riusciva a smettere di leggere. Lanciando lo sguardo su alcune righe qua e là, apprese che il contratto sanciva che Enrico si impegnava a vendere un certo numero di copie dei libri presenti in quella lunga lista. Una delle clausole siglava la possibilità di inserire o rimuovere persone e/o titoli a seconda del proprio comportamento/impegno/reazione del mercato, e il ricordo delle pressioni di Elenia per pubblicare alcuni dei manoscritti che ora Jacqueline trovava in quello stesso elenco le venne subito in mente.

Ogni frase che leggeva aumentava ulteriormente il suo stupore, ma l'appendice la turbò. Con quel contratto/documento Enrico Navarro obbligava Elenia Giusti a restituirgli il valore totale dell'incasso della vendita di quei libri, con l'obbligo di consegnargli mensilmente quella stessa cifra.

Quando vide il valore, Jacqueline dovete appoggiarsi alla scrivania della sua datrice di lavoro per ricomporsi. Per un attimo si domandò se il vero motivo dei violenti litigi di Elenia con il marito non fosse il contenuto di quelle pagine incriminate.

Ancora una volta Jacqueline aveva ragione. Quel documento conteneva svariate rigide clausole, e le innumerevoli sottoclausole conferivano al contratto il potere di un rigoroso protocollo da rispettare a qualsiasi prezzo.

Lo sdegno di Jacqueline si tramutò in indignazione e di punto in bianco, lei sentì di non avere più spazio nella casa editrice dove lavorava perché, con ogni manoscritto che trasformava in libro, sapeva di contribuire al consolidamento di un meccanismo ignobile, spietato, quasi come a sottoscriverlo.

Ogni avvenimento che accadeva, o parola che ascoltava, le confermava che le mura della Solo Lettere erano divenute troppo strette per accogliere i suoi sogni. Tutto ciò era una ruota che non le apparteneva, andava contro tutti i suoi principi, e lei, quella ruota, la fermò in quello stesso istante. Aveva solo bisogno di un posto dove continuare a coltivare i suoi sogni.

Ancora sbigottita, la mente di Maria Jacqueline fecce un viaggio nel tempo e ricordò uno dei suoi primi lavori.

Poiché lo stipendio di ausiliaria in una scuola per bambini speciali non era sufficiente per i viaggi che la sua mente progettava, quasi sempre accettava le ore extra che le venivano proposte, anche perché non considerava un vero lavoro aiutare gli studenti ipovedenti di quell'istituto. Per lei era una sorta di volontariato pagato, in cui Jacqueline riceveva molto di più di quanto potesse mai offrire.

Aveva la stessa dedizione con tutti gli studenti, ma chi aveva toccato il suo cuore in modo speciale era Simone (un nome femminile, in Brasile). Il buio totale del suo mondo non faceva altro che aumentare la sua curiosità, molto più intensa di qualsiasi bambina di nove anni. La gioia sul suo viso era contagiosa, arrivando ai suoi occhi che non vedevano, ma che trasmettevano e comunicavano un mondo a parte a chiunque li guardasse.

L'affetto particolare che Jacqueline nutriva per quest'alunna iniziò, nel modo più puro e sincero, da una delle sue molte doman- de di curiosotà, nel momento della ricreazione, che le servivano per immaginare ciò che non poteva vedere:

«Maestra, com'è la luna?»

In quel momento il mondo sembrò fermarsi per un istante, e tutte le azioni e reazioni di Jacqueline non furono più automatiche. Jacqueline si fermò. Simone voleva "vedere" la luna e la sua risposta avrebbe dovuto essere tanto peculiare quanto lo era stata la domanda.

Da quella richiesta Maria Jacqueline capì perché quei bambini erano chiamati "speciali".

—ʃ—

Molte cose cambiarono da allora nella sua vita.

Qualche anno prima, per lei, i bambini erano speciali, i libri erano mondi incredibili e i manoscritti potevano essere magici, poiché con la sua bacchetta quasi magica lei poteva toccarli per farli diventare i libri che, con la loro storia, potevano emozionare tutti. Così come gli stracci di Cenerentola che diventavano l'abito più bello del ballo per ballare con il principe azzurro.

La magia che lei, come fata madrina, poteva trasmettere a ognuno di quegli originali si stava perdendo e, davanti a quel contratto, Jacqueline si rese conto chiaramente di quanto si stesse abituando alla meschinità di Elenia e alla sua malignità, che certe volte le sembravano addirittura qualcosa di normale. Ma c'era qualcosa di ancora più grave. Maria Jacqueline aveva imparato ad accontentarsi di poco, quando la vita è generosa e vuole offrire sempre tanto.

"Voglio essere ricompensata per il mio impegno. Voglio di più. Ho bisogno di molto di più. Mi merito di più. E avrò di più!"

Quel documento cambiò radicalmente il suo pensiero.

Veronica avrebbe detto che aveva cambiato la sua energia, frequenza e vibrazione - le tre parole chiave di ogni cambiamento vero per lei. E la sua amica non si sbagliava così tanto, perché Jacqueline cambiò anche il suo comportamento che, a sua volta, la portò a seguire altre direzioni.

Non solo sospetti...

I sospetti di Jacqueline non erano infondati. Quel contratto trovato per caso era davvero rigoroso, e il profitto di quella rete era guadagno certo, perché il valore accordato avrebbe dovuto essere pagato assolutamente, come pattuito dai firmatari. L'intuizione dell'assistente, ancora una volta, fu giusta. L'origine dei violenti litigi tra la proprietaria e il marito risiedeva proprio in quel documento.

Di tanto in tanto Elenia si presentava col braccio ingessato, fasciato o in maniche lunghe in piena estate perché non aveva raggiunto la cifra stabilita, sottoscritta da lei stessa. Quando ciò avveniva, Enrico "l'incoraggiava" a restituire l'importo prescritto nel modo a lui più congeniale. Lei, dal canto suo, non poteva denunciare la violenza del marito perché, appartenendo a quella stessa società, era coinvolta tanto quanto lui.

L'altro motivo per cui non lo avrebbe mai denunciato, forse il principale, è che lei sopportava e sosteneva questa situazione pur di avere gli alti guadagni che cercava.

Da avvocato, il marito conosceva molto bene la legge e i modi per eluderla, così come sapeva muoversi in *certi* ambienti. Lui era esattamente la persona che faceva per lei. Elenia non sarebbe stata capace di creare questa "situazione", ma dal momento che era riuscita a realizzarla, in un modo o altro, non avrebbe perso i profitti ottenuti con quella vendita parallela, che di vendita vera e propria aveva poco o nulla.

In realtà, il sistema non si basava sulla commercializzazione dei libri - non erano nemmeno venduti realmente - ma in una alterazione di algoritmi che, glutinati e adulterati in una sottorete, facevano sì che i titoli inseriti nel contratto raggiungessero la cima di qualsiasi elenco dei più venduti.

L'importo incassato era diviso prima tra gli autori del contratto e, poi, tra gli editori dei libri presenti nell'elenco, costantemente rivisto. Quella lista variava molto a seconda del prosieguo dell'incasso della rata pattuita, giacché i buoni pagatori salivano sempre più in alto nella classifica di vendita. La Solo Lettere occupava i primi posti e Elenia, a sua volta, in questo modo aveva la vita che aveva sempre voluto, sebbene dovesse *pagare* di tanto in tanto per averla.

Un'altra forma di guadagno proveniva anche dall'illusione degli autori di avere il proprio libro pubblicato. Il solo fatto di aver venduto un "X" numero di copie le fruttava il denaro sufficiente per continuare a pubblicare nuovi manoscritti. Per questo pubblicava tanti titoli nuovi, senza contribuire in null'altro oltre che alla pubblicazione.

Nell'idea di guadagno di Elenia bastava pubblicare un libro per lucrare con tutto il processo, anche senza preoccuparsi del risultato delle vendite. Il suo lavoro era produrre libri, e il suo obiettivo era ricevere il compenso finanziario per il suo "lavoro".

Così, i sacrificati erano e restavano gli autori che, ignari dell'esistenza di un tale accordo, guadagnavano soltanto la piccola percentuale della vendita vera, che oltretutto la direttrice manipolava a suo piacimento.

«Loro vogliono pubblicare quel che hanno scritto e io lo faccio. Non vedo nulla di strano in questo» disse l'editore a Jacqueline in una delle sue riunioni, con tutto il suo cinismo.

In effetti, non ci sarebbe stato davvero nulla d'insolito se ci fosse stato un rapporto trasparente e onesto con i suoi autori. L'elenco delle copie vendute avrebbe dovuto essere inviato e pagato ogni sei mesi come da contratto, ma questo resoconto non veniva mai inviato o pagato.

Quando lei lo faceva era perché gli scrittori lo richiedevano, e ricevevano una mail di letteralmente due righe dove era comunicato che non c'erano state vendite in quel periodo. Elenia arrivava persino a inserire un numero a caso (*"copie vendute: 20"*, per esempio) senza documentazione alcuna che lo attestasse. Quel tipo di comunicazione insospettì Jacqueline.

Lavorando anche lei con la mail della redazione, l'assistente venne a sapere che il numero delle copie di libri venduti indicati dalla direttrice non corrispondeva mai al valore esatto delle vendite reali.

Si accorse di ciò proprio con una delle corrispondenze inviate al Dottor Antonielli, di cui il risultato del suo *"Il gusto del mangiar sano"* conosceva bene. Inutile dire che nessun autore vide mai i numeri veri del proprio report di vendite, nemmeno Rodrigo. Il medico non seppe mai la vera quantità dei suoi libri venduti né mai ricevette il compenso reale delle sue vendite - forse neanche un quarto del totale - mentre con il suo *"Il gusto del mangiar sano"* raggiunse un numero abbastanza grande di copie vendute, tanto da contribuire a cambiare la sorte della Solo Lettere e non solo.

Facile intuire, a questo punto, che la vita cambiò per Elenia anche legalmente parlando. Con il passare del tempo lei iniziò a ricevere diverse lettere di azioni legali dagli autori chiedendo la revisione del numero di vendita delle copie.

Tutto contribuiva alla crescita e il Gruppo Solo Lettere si rafforzò in poco tempo. Così, Elenia finì anche per interessarsi definitivamente al mondo della lettura, che le offriva ampi margini di guadagno, se amministrato *in un certo modo*.

Quando affittò il piccolo appartamento di periferia, senza avere la minima idea del tipo di attività che avrebbe svolto qualche anno prima, non avrebbe mai immaginato che si sarebbe ritenuta così tanto soddisfatta della sua scelta di "produrre" libri.

La magia in una libreria

Non poche erano le volte in cui Jacqueline entrava in una libreria e quando era lì dentro, il tempo, per lei, cessava di esistere. In quelle occasioni, le ore passate lì le sembravano sempre solo alcuni minuti. Il tempo trascorso tra i libri più venduti e/o quelli sconosciuti passava molto in fretta.

Non aveva mai nascosto la sua passione per Clarisse Lispector, una scrittrice e poetessa brasiliana che sempre le riempiva il cuore con la bellezza delle sue poesie. Nell'afferrare con emozione il libro che raffigurava il suo volto in copertina, quasi come una carezza, lesse la pagina che si aprì tra le sue mani.

XII

Rinnovati.
Rinasci in te stesso.
Moltiplica i tuoi occhi, per vedere di più.
Moltiplica le tue braccia per seminare tutto.
Distruggi gli occhi che hanno visto.
Creane altri, per nuove vedute.
Distruggi le braccia che hanno seminato,
Per far loro dimenticare di raccogliere.
Sii sempre lo stesso.
Sempre altro.
Ma sempre alto.
Sempre lontano.
E dentro tutto.

I libri parlano. Veramente.

Jacqueline rimase incredula.

In quel momento realizzò che doveva smettere di consumare tutte le sue energie in insoddisfazioni, una volta per tutte, per dedicarsi soltanto a quello che voleva fare veramente, perché la Solo Lettere non apparteneva più ai suoi piani né alla sua vita.

Elenia notò il distacco e cercò di recuperare il terreno perso. Immaginando che stesse accadendo qualcosa nella vita di Jacqueline, strettamente collegata alla casa editrice, che ovviamente avrebbe potuto riflettersi anche nella sua, cercò di riavvicinarsi, cercandola in modo insistente. La titolare non percepì di aver oltrepassato la sottile linea di confine, ossia, la divisione tra il lavoro e la vita personale dell'assistente. Contrariamente a quanto pianificato, lei ottené l'opposto.

L'avvicinamento della titolare - con il suo comportamento particolarmente invadente - non fece altro che aumentare la distanza che da sempre Jacqueline interponeva tra lei e il suo mondo personale nel lavoro, che una volta era tutta la sua vita - i libri, per lei, erano il suo modo di sognare la vita ed Elenia, con la sua avidità, stramberie e stravaganze, le aveva tolto le ali. Maria Jacqueline aveva bisogno di continuare a sognare.

Nel torpore del risveglio dal sonno profondo, confuse la sveglia con il telefono che squillò alle 2:30 del mattino.

«Non mi dire che stavi dormendo...»

«Ehm... Elenia? Che è successo? Beh... sì, a quest'ora dormo. Mi alzo presto per lavorare...»

«Bene. Volevo parlarti di Enrico.»

«Cosa è successo di tanto grave?»

«La sua ex. Sai che non credo che loro non stiano più insieme? Per me è solo una finta separazione.»

Il suono di una rapida ma profonda suzione fece capire a Jacqueline che Elenia stava fumando.

«Me l'ho hai già detto...»

«Secondo me non è solo questione di conservare un buon rapporto per i bambini. Loro ancora dormono insieme. Ne sono sicura.»

Il flusso delle parole espresse pur di mantenere viva la conversazione era interrotto solo dalla suzione della sigaretta. Jacqueline rispondeva a malapena. Quella conversazione, a quell'ora della notte, superò ogni limite della sua pazienza.

Consapevole, Elenia non elargiva silenzi dall'altra parte della linea. Proseguiva, confessandole alcuni segreti - che avrebbero potuto sembrare "cose intime" soltanto per dimostrarle che la loro amicizia era qualcosa di molto importante. Era molto abile nell'abbindolare le persone.

All'improvviso l'imprenditrice cambiò tono di voce.

«Sai... io conosco il tuo modo di pensare. Lo so perché sono stata come te - ambiziosa, indipendente, ingenua e onesta.»

«Ambiziosa? Perché? Non sei più ambiziosa?»

Meglio non commentare gli altri aggettivi.

«No. Non lo sono più. Tutto quello che ho tu sai che è frutto di tanto lavoro, mio e di Enrico, che ha i suoi difetti, chiaramente, ma tutti noi li abbiamo. Però non ti parlerò più di lui, altrimenti passerei tutta la vita a parlarti di questo argomento... e ciò non ti interessa.»

«Non è che non mi interessa. Abbiamo pensieri diversi. Tutto qui.»

«Già. Per questo è meglio non parlarne più. Torna a dormire. Ah - domani devi parlare con Jessica. Non sopporto più lei e i suoi ritardi. Dubito che arrivi prima delle nove... arriverà dieci minuti dopo come sempre, quella cretina. A tra poco.»

Jacqueline si girò nella sua posizione più confortevole e, rannicchiandosi, si coprì per cercare di dormire il poco che le restava nella notte per dimenticare che, in realtà, Elenia l'avesse chiamata a quell'ora perché voleva trasmetterle un rimprovero nei confronti di Jessica.

Senza aver dormito bene, Jacqueline sapeva che la giornata che stava per iniziare in ufficio certamente sarebbe stata molto pesante, non solo per quello che le era successo qualche ora prima e per quello che aveva scoperto, ma per quello che stava succedendo presso la casa editrice, giorno dopo giorno.

I giorni, già da qualche tempo, le pesavano molto, e la sensazione che le giornate fossero interminabili e senza importanza per lei era quotidiana. Diventò impossibile anche sopportare il carattere di Elenia.

Esattamente il giorno in cui non vedeva altro che nullità nel lavoro, il suo cellulare squillò, disturbandola ancora di più quando lesse "*privato*" nel piccolo schermo: "sicuramente un'altra delle balordaggini di Elenia con cui dover destreggiarmi" immaginò.

La voce femminile dell'altro lato della linea si presentò con i toni di delicatezza, cordialità e massima professionalità alle quali non era più abituata. Quando la donna iniziò a parlarle, Maria Jacqueline non riuscì a proferire parola.

«Signora Jacqueline, buon pomeriggio. Sono Flora Menezes, l'assistente della direzione della Casa Editrice Sagar. Il nostro direttore è rimasto positivamente impressionato dai libri che vengono pubblicati sotto la sua responsabilità, di cui uno in particolare: "*Il gusto del mangiar sano*". Avremmo molto piacere nel discutere con lei una nuova linea editoriale che sarà creata presso la nostra casa editrice che, se lei accettasse, sarebbe tutta sua. Sappiamo che è molto impegnata, ma se lei fosse d'accordo possiamo già fissare un appuntamento per spiegarle i dettagli...»

Quella proposta risuonò nella mente di Jacqueline per tutto il giorno. Sentiva in continuazione quella voce che le aveva portato un'al- legria quasi incontenibile.

Casa Editrice Sagar. La stessa che, ancora piccola, con il suo simbolo verde, tanto attirava la sua attenzione e la faceva sognare quando gli passava davanti in macchina con i suoi genitori per andare a trovare i nonni, immaginando come sarebbe stato lavorare all'interno di quel grande edificio. Da allora aveva sognato di lavorare lì dentro solo perché era certa che in quelle stanze avrebbe trovato tanti libri.

Lavorare nella Casa Editrice Sagar era sempre stato il suo sogno da bambina - le bambine sognano le bambole. Maria Jacqueline sognava i libri. E quel sogno la stava portando molto lontano, offrendole l'opportunità di lavorare in una delle case editrici più grandi e importanti del paese. Che bel sogno, questo! Ma lei ha sempre saputo quanto fosse bello... ora il sogno, praticamente inimmaginabile, sarebbe potuto diventare realtà.

Lavorare alla Sagar era qualcosa che non aveva mai nemmeno

osato chiedere, pensando fosse un sogno troppo grande per lei. Finalmente comprese che non esistono sogni troppo grandi. Esiste solo la certezza che si può fare ciò che si vuole della propria vita. Basta solo sapere dove si vuole arrivare. La misura con la quale identifichiamo i nostri sogni è la nostra capacità di sognare e di vivere i nostri sogni.

Jacqueline aveva sempre creduto nel potenziale del libro di Rodrigo. Aveva lottato per esso, perché la sua intuizione era molto più forte del poco interesse di Elenia nel pubblicarlo. Il libro fu veramente un successo, cambiò la Solo Lettere, cambiò Elenia e, ora, "Il gusto del mangiar sano" avrebbe potuto portare cambiamenti persino a lei.

—∫—

Jacqueline era pronta ben prima dell'orario fissato per il colloquio che avrebbe avuto il potere di cambiare la sua vita. Arrivò alla Sagar con l'anticipo dedicato a un importante incontro con il futuro.

Parcheggiò la sua macchina nell'area riservata ai visitatori osservando i molti posti auto dedicati ai dipendenti. Alzò lo sguardo e guardò le finestre degli uffici, immaginando cosa stessero facendo le persone che stavano lavorando al loro interno. Uscì dalla macchina e chiuse lo sportello con la sensazione di poter ritornare a sognare di nuovo.

Il simbolo della casa editrice, che da sempre suscitava rispetto nei suoi pensieri, ora lo trovava stampato sul badge da visitatore che portava sul petto. Le restituiva anche la sensazione perduta, quasi dimenticata, di lavorare per amore.

Con difficoltà riuscì a contenere l'emozione quando entrò nella reception, semplice all'apparenza, considerando l'importanza della casa editrice. Maria Jacqueline sedette sul divano e momentaneamente perse la nozione del tempo nel leggere e riconoscere le pubblicazioni più importanti che le pareti esibivano con orgoglio e che illuminavano l'ambiente così come il suo cuore.

Quando fu invitata a entrare nella sala riunioni già sapeva di voler far parte di quel mondo - quello stesso mondo sognato da bambina, nelle cui sale e corridoi avrebbe voluto camminare per tutta la vita.

La riunione si tenne tra lei, il direttore della Sagar e i suoi due assistenti. Dopo la conversazione, professionale e molto amichevole allo stesso tempo, Maria Jacqueline fece un respiro profondo, prese la sua penna dalla borsa e firmò il contratto con la certezza che non le serviva altro tempo per iniziare a coltivare i suoi sogni sotto quell'albero, il simbolo della casa editrice. Lei, in un documento, firmò la sua libertà - anche per creare il progetto che aveva cercato di attuare nel Gruppo Solo Lettere, interrotto, perché la proprietaria non ne avrebbe mai compreso l'importanza.

Nuova linea editoriale della Sagar, ideata da Maria Jacqueline Pellegrini

In quei giorni Jacqueline non viveva per altro che non fosse la sua nuova linea editoriale per ragazzi. Mancavano soltanto due giorni e alcuni dettagli affinché lei mostrasse a tutto il mondo la sua nuova collana.

Sebbene fosse quasi tutto pronto, per lei c'era ancora molto da fare. Era sempre molto meticolosa e, se coinvolta in quello che faceva, diventava ostinata. La sua voce interiore era piuttosto critica, molto esigente, talora impertinente, non perdonava nulla, e i pareri di approvazione e ammirazione per il suo lavoro da parte dei colleghi e della stessa direzione non la influenzavano minimamente.

Maria Jacqueline sentiva il peso della sua grande responsabilità. Quello era il suo primo progetto per la più importante casa editrice del paese, che andava ben oltre gli stessi confini brasiliani. Non voleva deludere - se stessa, più che altro, - perché c'era molto in quel lavoro. C'era il suo sogno. Aveva lavorato con la dedizione che la caratterizzava e che rappresentava tutto il suo amore per i libri.

La presentazione della linea editoriale per bambini di Jacqueline si sarebbe realizzata in un ampio spazio dedicato agli eventi sociali della Casa Editrice Sagar. Lo spazio, di nicchia, era uno dei luoghi più ambiti di tutta la città di San Paolo, per importanza perché era frequentato dagli scrittori più famosi.

Jacqueline camminava in quell'immensa sala sapendo di stare nello stesso locale che aveva visto avvicendarsi tanti scrittori di primo piano della letteratura nazionale. Le sue mura sembravano voler preservare la presenza di tutti quegli uomini e donne che, con le loro parole, avevano impresso e continuavano a imprimere emozioni e bellezza nell'animo delle persone con i loro libri. Ora anche lei aveva quello stesso potere con il suo "Per il piacere di leggere".

La nuova linea editoriale era stata inizialmente pensata per ragazzi a partire dai dieci anni, con libri che spaziavano dalle antologie di racconti, brevi, concisi, semplici e ironici, fino alla creatività senza limiti delle storie dirette a coinvolgere i piccoli lettori. Tuttavia, Maria Jacqueline creò un segmento molto includente, capace di accogliere i più svariati interessi dei ragazzi e delle ragazze, trasformandoli in storie interessanti che miravano a risvegliare il desiderio di leggere. Leggere, sempre di più - il suo vero obiettivo, che era andato molto oltre l'idea iniziale di quel progetto.

I bambini che leggono di più sono più interattivi con il mondo poiché sviluppano attenzione, concentrazione, vocabolario, memoria e ragionamento, oltre al linguaggio orale, solo per citare alcuni benefici. Non ci sono controindicazioni all'abitudine alla lettura. Soltanto enormi vantaggi. Sviluppare il desiderio di leggere era più che il suo lavoro. Era stata sempre la sua vera vocazione.

Jacqueline fece un enorme lavoro in pochi mesi, creando anche un laboratorio di lettura, dove gli autori della sua nuova linea editoriale s'incontravano periodicamente con i "piccoli" lettori.

In questi incontri, oltre al tempo dedicato alla lettura, i ragazzi erano incoraggiati a disegnare le scene delle storie per uno scopo ben preciso, visto che i migliori disegni sarebbero stati inseriti nell'edizione successiva, già anticipata e approvata, sotto la responsabilità di Cecilia Menegheli. Jacqueline aveva sempre considerato l'ex collega un mago del disegno grafico artistico. Il suo lavoro arricchiva notevolmente l'intera collana.

Quando seppe che avrebbe avuto libertà completa per il suo segmento, Maria Jacqueline chiese all'amministrazione della Sagar di poter lavorare con la designer che fu obbligata da Elenia a licenziarsi. Rimase molto soddisfatta nel sapere che Cecilia aveva accettato di lavorare con lei nella stessa casa editrice.

Il primo disegno scelto per essere pubblicato fu di Gustavo Leite, uno dei ragazzi più attivi e creativi di questi incontri, che a quindici anni vide il suo libro pubblicato.

La sua abilità nel disegnare lo aveva portato a creare una serie di disegni che diedero vita a un altro libro, pubblicato all'interno del segmento "Per il piacere di leggere", ideato, curato e firmato da Maria Jacqueline Pellegrini. Il riscontro fu tale che la casa editrice decise di creare un giornale a fumetti per bambini a partire dai disegni di Gustavo Leite e dai suoi personaggi.

Oltre all'enorme spazio dedicato ai ragazzi era in progetto anche un'altra linea di libri per i bambini più piccoli - dai sette ai dieci anni - che sarebbe stato realizzato nello stesso modo, ossia con il coinvolgimento dei bambini stessi per la sua creazione, anch'essa sotto la sua responsabilità.

La serata di autografi, anche per Jacqueline

Il forte chiacchiericcio delle persone presenti alla serata degli autografi del suo segmento aumentava ancora di più la sua emozione. Jacqueline fece alcuni lunghi respiri usando la tecnica della respirazione diaframmatica, come faceva per la meditazione, per mantenere la calma necessaria per coordinare l'evento dei suoi sogni.

Contava su un gruppo di persone di cui imparò a fidarsi, tutti presenti. Il risultato di tanta fatica di quel lavoro di squadra si sarebbe concretizzato in pochi minuti. Non poteva mancare chi aveva contribuito ai disegni della nuova linea editoriale della casa editrice: gli adolescenti, i veri protagonisti di quel progetto, la cui presenza infondeva ancora più speranza all'evento - tutta una generazione stava per essere invitata alla lettura e ad amarla, così come voleva la donna che era diventata influente anche alla Sagar.

Maria Jacqueline era seduta al tavolo a fianco degli autori del nuovo catalogo, oltre che al direttore della casa editrice, Santiago Del Castro. Il Signor Del Castro aveva iniziato il suo discorso di presentazione, parlando orgogliosamente dei "piccoli collaboratori", quando un uomo, entrando con passo deciso, catturò la totale attenzione di Jacqueline. Per un secondo lei si dimenticò di respirare per osservare chi si era fermato per rimanere in piedi, accanto alla colonna scolpita subito dopo l'entrata.

Rodrigo le sorrise e rimase a guardarla. Maria Jacqueline gli rispose con un leggero ma incosciente movimento di tutto il corpo. Distolse lo sguardo, senza riuscire a impedire che il suo sguardo ritornasse su di lui di continuo. Ritornò in sé e alla serata soltanto alcuni instanti dopo.

Quando il Signor Santiago finì il suo discorso per dare il via alla seconda parte dell'evento, ringraziando personalmente il lavoro svolto da Jacqueline e dalla sua squadra, tutti si alzarono dal tavolo e Rodrigo Antonielli andò incontro alla persona più importante della serata.

«Congratulazioni, Jacqueline. Voglio congratularmi sinceramente con te per la tua collana. Il tuo amore per i libri ti ha portata su una strada molto importante. Ora sei famosa!»

«Grazie, Rodrigo. È una grande sorpresa vederti qui, oggi...»

«Ti ho cercato più volte, ma non hai mai risposto ai miei messaggi...»

«Ho lavorato molto, come puoi immaginare.»

«Abbiamo molto di cui parlare, Jackie. Non ho mai smesso di pensare a te un solo minuto...»

«Nemmeno quando eri con Louise Bresson?»

«No. Non stavamo insieme. Avevo appena divorziato e anche lei. È stato soltanto un incontro, nulla di più.»

«Mi sembra che non fosse proprio così per lei...»

«Non è mai stato importante per nessuno dei due e io non ho mai fatto parte della sua vita. Ora lei è sposata con il direttore di un altro ospedale. Lei cerca solo visibilità e l'ascensione sociale. Ma voglio parlare e sapere di te... come stai?»

«Questo ti importa?»

«Certo che mi importa, Jacqueline! Mi importa perché ti amo.»

Jacqueline non rispose. Rimase in silenzio non soltanto perché la sorpresa fu totale, ma perché voleva sentire di più. Voleva ascoltarlo più che mai.

«Capisco se ora non dici niente. Ma sappi che non ti lascio andar via questa volta... non rinuncerò al "noi" che potremmo essere e che sono sicuro che saremo, così come sono sicuro di quanto voglio essere felice al tuo fianco. Devi solo darmi una possibilità...»

«E da dove iniziamo?»

«Humm... vediamo... mi vuoi sposare, Maria Jacqueline Pellegrini? Possiamo iniziare così - che ne dici?»

«Rodrigo!...»

«O vuoi che vada al microfono per annunciare che la brillante Jacqueline si sposerà presto? Guarda che vado...»

Il medico fece soltanto un passo prima che Jacqueline lo prendesse per il braccio, sorridendo. Ma i suoi occhi già lo guardavano con un'altra luce.

«Rodrigo, aspetta...»

«Lo so, è la tua serata più importante - in fin dei conti sei appena entrata nel mondo che conta della letteratura e dei libri, e non avrei fatto nulla per rovinare il tuo momento, ma se mi dici di "no" salgo su e...»

«E perché pensi che ti dirò di sì?»

«Perché i tuoi occhi mi dicono questo... non puoi mentire a te stessa! Ora torna ai tuoi libri e al tuo momento magico, ma quando questa serata incantata da fiaba sarà finita, e ritornerai alla vita reale, tornerai da me per restare con me. Ed è meglio se inizi già a abituarti, perché sarà per parecchio tempo...»

Rodrigo baciò sulla guancia Jacqueline.

«Adesso vai. Vai e sfrutta ogni secondo perché questa serata è tutta tua. Io sono qui per restare al tuo fianco. Ti aspetto per proseguire insieme e vivere la storia più bella, scrivendo il libro della nostra vita mano nella mano nello stesso cammino.»

«Nel Cammino di Luce?»

«Esattamente. Nel "Cammino di Luce", che quando l'ho tatuato già sapevo che avrei vissuto con te al mio fianco senza ancora conoscerti...»

«Ora devo andare. Ma aspettami...»

Jacqueline non si stancava di guardare lo stesso simbolo verde, ancora conservato nei suoi ricordi da bambina, che ammirava, ora stampato sotto il suo nome nei libri della sua nuova linea editoriale. Da piccola, non poteva immaginare quanto in alto quel simbolo le avrebbe permesso di volare; ora, lei, apparteneva allo stesso gruppo di scrittori che illuminano le anime delle persone.

Se da bambina non riusciva nemmeno a immaginare come sarebbe stato il lavoro svolto negli uffici di quell'edificio che tanto le toccava il cuore, ora lo conosceva perfettamente e non solo. Le aveva ridato le ali per volare, nella libertà di poter realizzare più di un sogno, quello che, in fondo, credeva fosse la sua missione.

Aveva un enorme progetto nelle sue mani - avvicinare i giovani ai libri. La sua responsabilità era grande, ma il suo sogno lo era molto di più. Non sarebbe stato difficile "contagiare" le persone affinché amassero i libri tanto quanto lei. Incentivare l'amore alla lettura, d'ora in avanti, sarebbe stato il suo lavoro. Lei... che voleva solo stare tra i libri, il suo unico desiderio...

Il desiderio di quella ragazza che aveva sempre sognato i libri.

Dedicato a tutti i lettori –

gli insaziabili e a quelli che ancora devono diventarlo,

perché, un giorno, tutti lo saranno.

Maria Jacqueline Pellegrini

Opere dell'autrice:

Titolo originale:

A escolha – Santiago no Caminho

Traduzione all'italiano:

La scelta – Santiago nel Cammino

Sandra Bianconi

•

Titolo originale:

A menina que sonhava com livros

Traduzione all'italiano:

La ragazza che sognava i libri

Sandra Bianconi

I libri sono disponibili nel formato cartaceo e/o elettronico

negli store di sua preferenza a seconda della

tipologia di ogni piattaforma: Amazon, Mondadori, Kobo,

Feltrinelli, Il Giardino dei Libri, ecc.

Indice

www.ingramcontent.com/pod-product-compliance
Lightning Source LLC
LaVergne TN
LVHW031424170726
843492LV00009B/2858

* 9 7 8 6 5 0 0 3 2 3 5 4 2 *